Η ΥΠΌΘΕΣΗ ΤΟΥ ΔΟΛΟΦΟΝΙΚΟΎ ΔΙΑΖΥΓΊΟΥ

ΤΖΈΙΜΙ ΚΟΥΙΝ ΕΥΧΆΡΙΣΤΑ ΒΙΒΛΊΑ ΜΥΣΤΗΡΊΟΥ 2

BARBARA VENKATARAMAN

Μετάφραση
NIKOLETTA SAMOILI

ΕΥΧΑΡΙΣΤΊΕΣ

Για την υποστήριξή τους, τις συμβουλές τους και τον ενθουσιασμό τους, θέλω να ευχαριστήσω όλα τα "κορίτσια αναγνώστες" μου:" Janet, Jaya, Jodi, Joette, Leslie, Linda, Myra και Nanette.

όπως το Χόλιγουντ της Φλόριντα θα είχε πολλά δράματα, αλλά έχει. Ο δικαστής που με όρκισε με είχε προειδοποιήσει, λέγοντάς μου: "Δεν θα πιστέψεις ποτέ τι συμβαίνει ανάμεσα σε τέσσερις τοίχους", και είχε δίκιο- είναι απίστευτο. Πάρτε την πελάτισσά μου, την Κάρολ (*σας παρακαλώ, πάρτε την, θα με κάνετε τόσο ευτυχισμένη*). Αυτή και ο σύζυγός της είναι ευκατάστατοι, επιτυχημένοι στις αντίστοιχες καριέρες τους και ντύνονται σαν να ποζάρουν για περιοδικό μόδας, όμως έχουν καυγάδες μπροστά στα παιδιά τους και ρίχνουν κανάτες με Kool-Aid ο ένας στον άλλον. Μετά ήταν και το εκδικητικό ζευγάρι -ξεχνάω τα ονόματά τους- που έμεναν εναλλάξ στο συζυγικό σπίτι, κλιμακώνοντας τις ζημιές στο σπίτι κάθε φορά που άλλαζαν, μόνο και μόνο για να εκνευρίσει ο ένας τον άλλον. Ξεκίνησε όταν ο σύζυγος αφαίρεσε όλους τους λαμπτήρες και τα φωτιστικά, και τελείωσε όταν η σύζυγος έβγαλε όλους τους νεροχύτες και τις τουαλέτες. Σκέφτηκα ότι θα κατέληγαν να αλληλοσκοτωθούν, όπως η Kathleen Turner και ο Michael Douglas στον "Πόλεμο των Ρόδων", αλλά έκανα λάθος. Ξαναπαντρεύτηκαν.

Γύρισα την προσοχή μου πίσω στην Μπέκα Σόλομον, η οποία είχε καταρρεύσει. Θυμάμαι την πρώτη φορά που μπήκε στο γραφείο μου. Νόμιζα ότι έμοιαζε με μοντέλο: Σκανδιναβική ξανθιά με μεγάλα μπλε μάτια και λίγες φακίδες στη μύτη της που την έκαναν να φαίνεται νεότερη από είκοσι πέντε ετών. Ήταν μορφωμένη και ισορροπημένη και αποτελούσε πειστική μάρτυρα. Τουλάχιστον αυτό πίστευα εγώ. Προφανώς, ο δικαστής Μάρκους δεν συμφωνούσε.

Η ιστορία της Μπέκα δεν ήταν καθόλου ασυνήθιστη - είχε γνωρίσει έναν νέο άντρα και ήθελε να χωρίσει από το γάμο της. Το λάθος της ήταν ότι πίστευε ότι θα ήταν εύκολο. Το να πάρεις διαζύγιο δεν είναι σαν να αλλάζεις τράπεζα ή να απολύεις τον βοηθό του μπιλιάρδου, είναι πολύ πιο μπερδεμένο, ειδικά όταν έχεις παιδιά. Και ενώ ο νέος έρωτας είναι υπέροχος και ρομαντικός, δεν είναι η πραγματική ζωή. Τελικά, κάποιος πρέπει να πληρώσει τους λογαριασμούς, να σηκωθεί με το μωρό και να βγάλει τα σκουπίδια. Δεν εννοώ ότι ένα άτομο δεν πρέπει ποτέ να κάνει μια νέα αρχή, απλώς λέω ότι το "νέα" δεν σημαίνει πάντα "βελτιωμένη". Όλοι όσοι συναντάς έχουν συναισθηματικές αποσκευές - ακόμα κι εγώ. Ειλικρινά, αν είχα περισσότερες αποσκευές, θα μπορούσα να ξεκινήσω τη δική μου αεροπορική εταιρεία.

Αλλά, πίσω στη Μπέκα, το μόνο που ήθελε ήταν διαζύγιο και κύρια επιμέλεια των δύο μικρών κοριτσιών της και, φυσικά, διατροφή. Επίσης, διατροφή και αμοιβή δικηγόρου και το ήμισυ της περιουσίας του γάμου. Και κάτι τελευταίο - ήθελε να συνεχίσει να ζει στο παμπάλαιο σπίτι της με τα παιδιά της, συν το να φέρει τον φίλο της, τον Τσάρλι Σαντόρο. Μακάρι ο σύζυγός της, ο Τζο, να μην προκαλούσε τόσα προβλήματα. Ξέρω ότι αυτό την κάνει να ακούγεται εγωίστρια και απαίσια, αλλά, για να είμαστε δίκαιοι, η

Φλόριντα είναι μια πολιτεία χωρίς υπαιτιότητα, που σημαίνει ότι, αν θέλεις διαζύγιο, το παίρνεις, και πράγματα όπως η απιστία δεν έχουν καμία σημασία. Τα δικαστήρια αντιμετωπίζουν το γάμο περισσότερο σαν μια οικονομική συνεργασία. Η σπατάλη περιουσιακών στοιχείων θεωρείται πάντα σχετική, αλλά η συναισθηματική σας κατάσταση, όχι τόσο πολύ.

Το να λέτε ότι ο Τζο ήταν θυμωμένος είναι σαν να λέτε ότι ο τυφώνας Κατρίνα ήταν απλώς μια μικρή κακοκαιρία. Και δεν βοηθούσε το γεγονός ότι ο νέος έρωτας της Μπέκα, ο Τσάρλι, ήταν φίλος του Τζο. Λένε ότι οι δικηγόροι ποινικών υποθέσεων βλέπουν τους κακούς ανθρώπους στην καλύτερη συμπεριφορά τους και οι δικηγόροι διαζυγίων βλέπουν τους καλούς ανθρώπους στη χειρότερη φάση τους, και είναι αλήθεια. Ο Τζο φαινόταν αρκετά αξιοπρεπής τύπος, αλλά περνούσε πολύ χρόνο προσπαθώντας να τιμωρήσει την Μπέκα. Η αγαπημένη του απειλή ήταν ότι θα της έπαιρνε τα παιδιά.

Η Μπέκα είχε επιτέλους ηρεμήσει όταν ο δικαστικός επιμελητής, ο Χάρολντ, άρχισε να δείχνει το ρολόι του.

"Λυπάμαι που σε διώχνω, Τζέιμι, αλλά έχουμε άλλη ακρόαση".

"Με έχουν διώξει από καλύτερα μέρη από αυτό", αστειεύτηκα καθώς μάζευα τον χαρτοφύλακά μου.

Ο Χάρολντ γέλασε με αυτό και ακόμη και η Μπέκα χαμογέλασε λίγο. Σηκωθήκαμε και γυρίσαμε να φύγουμε ακριβώς όταν ο Τζο ξαναμπήκε στο δωμάτιο, με αυτάρεσκο ύφος".

"Καλύτερα να το συνηθίσεις αυτό, Μπέκα", είπε, με ένα μειδίαμα να παραμορφώνει το αγορίστικο πρόσωπό του. "Γιατί όταν ο δικαστής μάθει για σένα, θα μου δώσει την κηδεμονία."

Η Μπέκα τον κοίταξε κατάματα, ψυχρή σαν πάγος. "Αν προσπαθήσεις να μου πάρεις τα παιδιά μου, ορκίζομαι στο Θεό, Τζο, θα σε σκοτώσω".

ΚΕΦΑΛΑΙΟ 2

"Πρέπει να καλέσω την ασφάλεια;" ρώτησε ο δικαστικός επιμελητής κουνώντας το δάχτυλό του προς τη Μπέκα και τον Τζο. Ο Χάρολντ έπρεπε να είναι τουλάχιστον εβδομήντα πέντε ετών, αλλά ήταν συνταξιούχος αστυνομικός και δεν ανεχόταν ανοησίες από αυτούς τους δύο. Είχε μια αίθουσα δικαστηρίου να διευθύνει.

Σφύριξα στην Μπέκα να μην τα βάλει με τον Τζο, και μετά την έπιασα από το χέρι και την τράβηξα προς την πόρτα. Η δουλειά του διαζυγίου μπορεί να είναι τόσο δυσάρεστη. Συχνά αναρωτιέμαι γιατί πήγα στη νομική σχολή για να καταλήξω μια δοξασμένη μπέιμπι σίτερ. Στην πραγματικότητα έκανα ένα διάλειμμα από τη δικηγορία πριν από δύο χρόνια, όταν η μητέρα μου πέθανε από καρκίνο. Ήμουν τόσο ράκος που ακόμη και μετά από έξι μήνες απραξίας δεν μπορούσα να συνέλθω. Χρειάστηκε να κατηγορηθεί ο αυτιστικός ξάδερφός μου, ο Άνταμ, για φόνο για να συνέλθω. Όχι μόνο έφυγα επιτέλους από το σπίτι μου, αλλά εγκατέλειψα και τη ζώνη άνεσής μου, κάτι που ήταν κάπως τρομακτικό. Αναζωογονητικό, αλλά τρομακτικό. Για να σας πω την αλήθεια, ανυπομονούσα να το ξανακάνω.

Καθώς έσπρωχνα την Μπέκα προς τους κεντρικούς ανελκυστήρες στο κέντρο του δικαστηρίου, συνειδητοποίησα πόσο περίεργο ζευγάρι κάναμε, εκείνη με τη σκανδιναβική ομορφιά της, τουλάχιστον 1,80 μ. πριν φορέσει τα τακούνια της, και εγώ, 1,80 μ. αν στεκόμουν όρθια, με λαδί δέρμα άγνωστης προέλευσης και σκούρα σγουρά μαλλιά που αρνούνταν να συνεργαστούν. Στο ασανσέρ, συμβούλεψα την Μπέκα ότι δεν έπρεπε να αφήσει τον Τζο να την επηρεάσει- ότι προσπαθούσε να την εκνευρίσει και ότι εκείνη του έδινε αυτό που ήθελε.

"Μα, Τζέιμι", είπε, με τα μάτια της γεμάτα δάκρυα, "μιλάμε για τα κορίτσια μου! Αν δεν τα προστατέψω εγώ, ποιος θα τα προστατέψει;"

"Καταλαβαίνω ότι ανησυχείς, αλλά όλα θα πάνε καλά. Τα κορίτσια δικαιούνται να έχουν τον μπαμπά τους στη ζωή τους. Αν ξεφύγει από τα όρια, ο δικαστής θα τον τιμωρήσει σκληρά. Κρατάς ημερολόγιο για όλα όσα συμβαίνουν, όπως σου είπα να κάνεις;"

Εκείνη έγνεψε βουβά. Το ασανσέρ είχε φτάσει στο λόμπι και ο κόσμος προσπαθούσε να μπει μέσα πριν προλάβουμε να βγούμε. Ωραία!

Χτύπησα την Μπέκα στο χέρι, καθησυχαστικά. "Πρέπει να σταματήσω στο γραφείο του υπαλλήλου τώρα, εντάξει; Θα μιλήσουμε σύντομα. Μπορείς να βρεις το δρόμο για το αυτοκίνητό σου;"

Η Μπέκα έγνεψε ξανά. Το χλωμό πρόσωπό της έμοιαζε απόκοσμο κάτω από τα φώτα φθορισμού. Καθώς απομακρυνόταν, αδιαφορώντας για το πλήθος που την περιτριγύριζε, είχα ξαφνικά ένα κακό προαίσθημα γι' αυτήν, αλλά το απέκρουσα.

Σταμάτα, Τζέιμι! Σε λίγο θα αγοράζεις κάρτες Ταρώ και πίνακα Ouija...

Γύρισα στο γραφείο του υπαλλήλου για να διαφωνήσω για κάποια χαμένα έγγραφα.

ΚΕΦΆΛΑΙΟ 3

Ένιωσα παράξενα που επέστρεψα στο γραφείο μου μετά από τόσες διακοπές. Όταν ήμουν σε άδεια, δεν ήμουν ποτέ σίγουρη για το ποια μέρα ήταν, αλλά δεν είχε σημασία ούτως ή άλλως, αφού δεν είχα πού να είμαι. Η αλήθεια είναι ότι δεν έβγαινα σχεδόν καθόλου από το σπίτι μου -το σπίτι που μου κληροδότησε η μητέρα μου- εκτός αν χρειαζόταν, αλλά τώρα ένιωθα καλά που είχα έναν λόγο να σηκώνομαι κάθε πρωί και ανθρώπους που με χρειάζονταν -αν και μου έλειπε το ανοιχτό ημερολόγιο. Υπήρχαν τόσες πολλές δυνατότητες σε αυτά τα λευκά κενά. Όχι ότι το εκμεταλλεύτηκα ποτέ.

Μην με παρεξηγήσετε, ήμουν αρκετά αγχωμένη όταν αντιμετώπιζα το θάνατο της μητέρας μου, αλλά ήταν ένα διαφορετικό είδος άγχους. Τότε, ήμουν εντελώς απορροφημένη στη θλίψη μου- τώρα, ήμουν αγχωμένη επειδή όλοι ήθελαν ένα κομμάτι μου. Μιλώντας για άγχος, επιτρέψτε μου να σας συστήσω τη Λίζα. Είναι η ρεσεψιονίστ για τον κοινό μας χώρο γραφείου και μια νέα προσθήκη, που προσλήφθηκε όσο έλειπα. Είναι επίσης ένα καυτό χάλι. Η Λίζα είναι πολύ γλυκιά, αλλά δεν είναι και η πιο φωτεινή λάμπα στον πολυέλαιο. Αυτό δεν με ενοχλεί τόσο όσο η τάση της να κλαίει μόλις κάτι πάει στραβά. Κλαίει επίσης αν νομίζει ότι κάτι *μπορεί να* πάει στραβά. Και μερικές φορές κλαίει όταν μιλάει με τον αρραβωνιαστικό της στο τηλέφωνο. Έχω μόνο τόση υπομονή, την οποία πρέπει να κρατάω για τους πελάτες μου. Δεν υπάρχει αρκετή για να καλύψω και τη Λίζα.

Θα πίστευε κανείς ότι η επαφή μου μαζί της θα ήταν περιορισμένη, αφού το μόνο που κάνει για μένα είναι να δέχεται τηλεφωνικά μηνύματα και να μου δίνει την αλληλογραφία μου - δεν χρειάζεται καν να την ανοίξει. Με κάποιο τρόπο όμως, εξακολουθώ να δέχομαι τα δάκρυά της τουλάχιστον μία φορά την ημέρα. Πριν καταλήξετε στο συμπέρασμα ότι η καημένη πρέπει να έχει κατάθλιψη, θα σας πω ότι το έχω σκεφτεί αυτό, αλλά δεν *συμπεριφέρεται* καταθλιπτικά- φαίνεται μια χαρά. Είχα μπερδευτεί με τη Λίζα μέχρι που διάβασα ένα άρθρο για τους ενήλικες που συνεχίζουν να χρησιμοποιούν μηχανισμούς άμυνας της παιδικής ηλικίας για να αντιμετωπίσουν τα προβλήματά τους. Α, αυτό το εξηγεί! Τώρα, αν μπορούσα μόνο να βρω ένα άρθρο για το πώς να την κάνω να σταματήσει να κλαίει.

Είχα επιστρέψει στο γραφείο μου μετά το δύσκολο πρωινό μου με τη Μπέκα. Μισούσα να χάνω στο δικαστήριο, όπως όλοι οι δικηγόροι, αλλά το παίρνω κατάκαρδα. Θα μπορούσες να πεις ότι έχω εμμονή με αυτό, κάτι που δεν βοηθάει καθόλου τη χρόνια αϋπνία μου. Υποθέτω ότι χρειάζομαι κάτι για να σκέφτομαι όταν είμαι ξύπνιος στις τρεις το πρωί, αλλά αυτές σίγουρα δεν είναι ώρες που πρέπει να χρεώνονται.

Χτύπησε η πόρτα του γραφείου μου και ακολούθησε ένα χαχανητό.

"Περάστε."

"Κάποιος θέλει να σε δει, Τζέιμι".

Η Λίζα έδειχνε πιο ευτυχισμένη από ποτέ, με μάτια λαμπερά, με ένα κοκκίνισμα να αναδεικνύει τα στρογγυλά μάγουλά της. Ακόμα και τα μαλλιά της φαίνονταν πιο ζωηρά. Έριξε μια ματιά πάνω από τον ώμο της και χαχάνισε ξανά.

"Είπε ότι το όνομά του είναι *ΝτιούκΜαρμαντούκ!*"

"Σωστά, Sugar, ο ΝτιούκΜαρμαντούκ Μπρουσάρντ, ο Τρίτος, στις υπηρεσίες σας." Ο Ντιούκ έριξε ένα χαμόγελο στη Λίζα, μετά μπήκε μέσα και κάθισε.

"Τζέιμι, γιατί δεν μου είπες ότι είχες μια τόσο καυτή ρεσεψιονίστ; Θα είχα έρθει νωρίτερα", είπε ο Ντιούκ.

Η Λίζα ξεπεράστηκε από μια κρίση γέλιου και κοκκίνισμα.

Γέλασα. "Μην χτυπάς το προσωπικό, Δούκα. Εξάλλου, η Λίζα είναι πιασμένη, πρόκειται να παντρευτεί."

"Εξαιρετικά!" είπε ο Ντιούκ. "Αλλά αν αλλάξεις γνώμη, αγάπη μου, να μου το πεις". Της έκλεισε το μάτι λάγνα.

Την απομάκρυνα και η Λίζα έκλεισε απρόθυμα την πόρτα.

"Εκπλήσσομαι που δεν σε δέρνουν καθημερινά ζηλιάρηδες φίλοι", είπα χαμογελώντας στον πρώην πελάτη μου και νυν φίλο μου. Είχα σώσει τον Ντουκ από την οργισμένη πρώην σύζυγό του και με είχε βοηθήσει πολύ όταν ο ξάδερφός μου ο Άνταμ είχε μπλέξει.

"Εφόσον μπορώ να τρέξω πιο γρήγορα από αυτούς, θα είμαι εντάξει", αστειεύτηκε.

Ο Ντιούκ είχε τον τρόπο του με τις γυναίκες, γι' αυτό και είχε παντρευτεί τρεις φορές. Έδειχνε πολύ καλά για κάποιον που περνούσε όλο τον ελεύθερο χρόνο του πίνοντας σε ένα μπαρ που λεγόταν "The Big Easy". ' Φανταστείτε έναν τύπο πειρατή, γύρω στα τριάντα πέντε, με καστανά μαλλιά μέχρι τον ώμο, τέλεια δόντια και γελαστά πράσινα μάτια. Φορούσε πάντα ένα κολιέ με δόντια καρχαρία και τις αγαπημένες του μπότες αλιγάτορα. Πιθανότατα τον έχετε δει. Ως ιδιωτικός ντετέκτιβ, κυκλοφορεί παντού.

Παραμέρισα τη στοίβα των φακέλων στο γραφείο μου για να μπορούμε να βλέπουμε ο ένας τον άλλον. Επίσης, με τους φακέλους εκτός οπτικού πεδίου, δεν χρειαζόταν να αισθάνομαι ενοχές για τη δουλειά που δεν έκανα.

"Έχεις κανένα νέο για μένα, Ντιουκ; Ή απλά ήρθες να φλερτάρεις με τη ρεσεψιονίστ μας;" Σε πείραξα.

"Ωχ, Τζέιμι! Ξέρεις ότι έρχομαι εδώ για να

σε δω. Βασικά, ήλπιζα ότι θα με κερνούσες μεσημεριανό, πεινάω".

"Βέβαια, θα ήθελα πολύ να φύγω από εδώ. Σου αρέσει η ταϊλανδέζικη κουζίνα; Υπάρχει ένα καινούργιο μαγαζί λίγα τετράγωνα πιο πέρα". Πήρα την τσάντα μου.

Ακούγεται υπέροχο", είπε, σπρώχνοντας την καρέκλα του προς τα πίσω για να σηκωθεί. "Και μιας και είμαστε εκεί, μπορώ να σου μιλήσω για τη λαμπρή δουλειά μου ως ντετέκτιβ".

"Μη μου πεις ότι ξέρεις πού είναι ο πατέρας μου!" Δεν μπορούσα να κρατήσω τον ενθουσιασμό από τη φωνή μου.

"Κερνάτε με μεσημεριανό γεύμα και θα το μάθετε".

ΚΕΦΆΛΑΙΟ 4

"Γιατί είσαι τόσο κακός;"

Οδηγούσαμε στο *Try My Thai* με το Mini Cooper και ο Ντιούκ δεν απαντούσε σε καμία από τις ερωτήσεις μου.

"Γιατί είσαι τόσο ανυπόμονος; " αντέτεινε. "Θα είμαστε εκεί σε περίπου δέκα δευτερόλεπτα. Φίλε, ελπίζω να έχουν 'Jumping Shrimp' και μετά ελπίζω αυτά τα κορόιδα να πηδήξουν κατευθείαν στο στόμα μου! Σε βλέπω να γελάς εκεί πέρα, νομίζεις ότι είμαι αστείος".

"Εφόσον διασκεδάζεις, αυτό είναι το μόνο που έχει σημασία", είπα, παρκάροντας το αυτοκίνητο. "Πάμε, κύριε Ξεκαρδιστικό".

Το φαγητό ήρθε αμέσως μετά την παραγγελία μας και φάγαμε αμέσως. "Ξεκίνα να μιλάς, Ντιούκ", είπα. "Αλλιώς θα με κεράσεις γεύμα."

Ο Ντιούκ εισέπνευσε βαθιά. "Αυτό το πράγμα μυρίζει τόσο υπέροχα όσο και η γεύση του, και είναι και πολύ πικάντικο! Καλή επιλογή". Μου χάρισε ένα πονηρό χαμόγελο ανάμεσα στο να καταβροχθίσει το φαγητό του.

Έβλεπα ότι σχεδίαζε να το τραβήξει.

"Πρόσεξες τη διακόσμηση;" Ρώτησα. "Πώς όλες οι εικόνες στον τοίχο είναι φτιαγμένες από μεταξωτές γραβάτες - δεν είναι διασκεδαστικό;"

"Σίγουρα είναι. Θα φας αυτό το ρολό;"

Κούνησα το κεφάλι μου και του το έδωσα. "Ποια γραβάτα είναι η αγαπημένη σου, Δούκα;"

Κοίταξε γύρω του: "Δεν ξέρω, ίσως αυτό το πορτοκαλί, μοιάζει με κακό ταξίδι με οξύ", είπε γελώντας. "Γιατί ρωτάς;"

"Γιατί με αυτή τη γραβάτα θα σε στραγγαλίσω αν δεν μου πεις κάτι σύντομα."

Ο Ντιούκ άρχισε να γελάει τόσο δυνατά, που νόμιζα ότι θα πνιγόταν από το φαγητό του. "Έπρεπε να δεις το πρόσωπό σου, Τζέιμι, όχι... περίμενε, εδώ είμαστε...".

Πριν καταλάβω τι έκανε, ο Ντιούκ με είχε βγάλει φωτογραφία με το τηλέφωνό του. Μου την έδειξε και άρχισα κι εγώ να γελάω. Έπαιζε με το τηλέφωνο για ένα λεπτό και μετά είπε: "Ορίστε... τώρα κάθε φορά που με καλείς, αυτή η φωτογραφία θα εμφανίζεται. Ανυπομονώ!"

Σκούπισα τα μάτια μου- τα γέλια και τα πικάντικα φαγητά πάντα με επηρεάζουν. "Άκου φίλε, αν αρχίσεις πάλι να πνίγεσαι, δεν σε σώζω".

"Τότε δεν θα μάθεις ποτέ τι επρόκειτο να σου πω."

"Είναι αλήθεια", είπα, τελειώνοντας ήρεμα το Panang με λαχανικά.

"Εντάξει", είπε, "είχε πλάκα, αλλά τελείωσα με τα βασανιστήρια. Κατ' αρχάς, πρέπει να πω ότι δεν μου έδωσες πολλά στοιχεία για να συνεχίσω. Εννοώ, είπες ότι το όνομα του πατέρα σου ήταν Μπιλ Φρανκ, και αυτό δεν είναι καν το πραγματικό του όνομα".

"Τι;"

"Περίμενε, Τζέιμι, φτάνω εκεί. Ξεκίνησα με τα εύκολα πράγματα. Δεν είναι εγγεγραμμένος για να ψηφίσει σε καμία πολιτεία, δεν έχει δίπλωμα οδήγησης στη Φλόριντα και δεν υπάρχει ούτε άδεια γάμου - αφού οι γονείς σου δεν ήταν παντρεμένοι."

"Λοιπόν, τι έκανες μετά;" Κρεμόμουν από την κάθε λέξη του Δούκα και το ήξερε.

"Θυμήθηκα ότι είπες ότι η μητέρα σου τον γνώρισε σε μια πολιτική διαμαρτυρία στο Μαϊάμι και ότι συνελήφθησαν και οι δύο. Μου πήρε πολύ καιρό να το καταλάβω, αλλά τελικά ταίριαξα ένα αρχείο συλλήψεων. Το πραγματικό όνομα του μπαμπά σου είναι *Γκιγιέρμο Φράνκο* και δεν είναι καν Αμερικανός πολίτης, είναι Κουβανός"

"Ουάου, Δούκα! Είσαι καταπληκτικός! Πού είναι τώρα; Τι κάνει; Πού ήταν όλο αυτό το διάστημα; Θεέ μου, δεν ξέρω καν από πού να αρχίσω..." Έκλαιγα πάλι, αυτή τη φορά πραγματικά.

Ο Ντιούκ κούνησε επιφυλακτικά το κεφάλι του, αναστατωμένος από τα δάκρυά μου. "Λυπάμαι, αγάπη μου, δεν ξέρω τίποτα από αυτά ακόμα. Ακόμα το επεξεργάζομαι. Αλλά έχω κάτι να σου δείξω". Έβαλε το χέρι στην τσέπη του, έβγαλε ένα κομμάτι χαρτί και μου το έδωσε.

Καθώς το ξεδίπλωσα, συνειδητοποίησα τι ήταν. Ένας άντρας με μαύρα κυματιστά μαλλιά και λαδί δέρμα πόζαρε στον φακό. Είχα μια περίεργη αίσθηση, σαν να κοιτούσα τα ίδια μου τα μάτια. Είχα επιτέλους μια φωτογραφία του πατέρα μου.

ΚΕΦΑΛΑΙΟ 5

Ήταν σουρεαλιστικό να κρατάω μια φωτογραφία του πατέρα μου, αφού είχα περάσει τόσα χρόνια φανταζόμενος τον πατέρα μου. Θα ακουστεί χαζό, αλλά όταν ήμουν μικρή, τον έψαχνα παντού - σε πλήθη, στην τηλεόραση, στο σχολείο. Θα μπορούσε να είναι ο οποιοσδήποτε, και ήταν στο χέρι μου να τον βρω. Ήταν ένα παιχνίδι που έπαιζα: αν τον αναγνώριζα, τότε θα έμενε. Φυσικά, δεν τον βρήκα ποτέ, και αυτό με έκανε να νιώθω κάπως ελλιπής, ανολοκλήρωτη, σαν ένα παζλ με κομμάτια που λείπουν. Κανείς δεν μπορούσε να καταλάβει πώς ένιωθα, ούτε καν οι φίλοι μου που οι γονείς τους ήταν χωρισμένοι, γιατί εκείνοι είχαν τουλάχιστον δύο γονείς. Τώρα το παιχνίδι είχε τελειώσει και αποδείχτηκε ότι ο πατέρας μου ήταν το ίδιο πρόσωπο που ήταν πάντα, ένας συνηθισμένος τύπος που δεν ήθελε να είναι ο πατέρας μου. Θέλω να πω, γιατί δεν είχε κάνει καμία προσπάθεια να *με* βρει τα τελευταία τριάντα τρία χρόνια; Δεν ήταν ότι κρυβόμουν, ζούσα στο Χόλιγουντ από την ημέρα που γεννήθηκα.

"Δεν θα πεις κάτι; " ρώτησε ο Ντιούκ. "Δεν μπορώ να πιστέψω αυτό που βλέπω... Η Τζέιμι η δικηγόρος δεν μπορεί να βρει λόγια! "

Δεν μπορούσα να κάνω αλλιώς- ξέσπασα σε κλάματα και έφυγα για το μπάνιο, αφήνοντας τον Ντιούκ στο τραπέζι με το στόμα του ανοιχτό. Καθώς στεκόμουν πάνω από το νιπτήρα και έκλαιγα, ένα μέρος του εαυτού μου ήταν ακόμα αρκετά λογικό για να αναρωτηθεί τι ήλπιζα να πετύχω ψάχνοντας τον πατέρα μου. Είχα προσποιηθεί ότι ήταν απλώς ένα μυστήριο που έπρεπε να λύσω, ένας τρόπος να ικανοποιήσω τη δια βίου περιέργειά μου, αλλά αυτό δεν ήταν αλήθεια. Έψαχνα επειδή έπρεπε να μάθω ποιος ήμουν και από πού προέρχομαι. Το πρόβλημα ήταν με εκείνο το μικρό κορίτσι. Έπαιζε ακόμα το παιχνίδι, προσπαθούσε ακόμα να βρει τον μπαμπά της, ακόμα κι αν στο τέλος της ράγισε την καρδιά.

"Είσαι καλά εκεί μέσα; " Ο Ντιούκ στεκόταν έξω από την πόρτα του μπάνιου. Ο καημένος, είχε κάνει τόσα πολλά για μένα και εγώ τον είχα φρικάρει τελείως.

"Συγγνώμη αν σας αναστάτωσα", συνέχισε. "Ξέρεις, το να είσαι μισός Κουβανός δεν είναι και τόσο κακό - νομίζω ότι οι Κουβανέζες είναι σέξι! "

Αυτό με έκανε να γελάσω. Αφήστε τον Δούκα να τα κάνει όλα λάθος. Ήξερε μόνο έναν τρόπο να βλέπει τα πράγματα, αυτό ήταν σίγουρο. Έπλυνα το πρόσωπό μου και φύσηξα τη μύτη μου πριν ανοίξω την πόρτα.

"Ξέχασα να σου πω ότι τα πικάντικα φαγητά με κάνουν να κλαίω", είπα, προσπαθώντας να κρατήσω το πρόσωπό μου καθαρό.

"Λοιπόν, αυτό φαίνεται να είναι μια πολύ σημαντική πληροφορία, Τζέιμι. Αν είναι έτσι, τότε, γαμώτο, την επόμενη φορά θα διαλέξω εγώ το εστιατόριο". Ο Ντιούκ μου έκλεισε το μάτι. Ίσως τελικά να μην έκανε λάθος.

Ήταν μια πολύ περιπετειώδης μέρα - και είχε μόλις τελειώσει η μισή. Πλήρωσα το λογαριασμό και επιστρέψαμε στο γραφείο μου.

ΚΕΦΑΛΑΙΟ 6

Πέρασα το απόγευμα στο γραφείο μου απαντώντας σε τηλεφωνήματα και συντάσσοντας υπομνήματα, αλλά το μυαλό μου ήταν αλλού, απασχολημένο με το αίνιγμα του πατέρα μου. Ο Ντιούκ προσφέρθηκε να συνεχίσει να ψάχνει, αλλά του ζήτησα να μην το κάνει για λίγο. Μετά την ντροπιαστική μου κατάρρευση στο μεσημεριανό γεύμα, ίσως δεν ήμουν έτοιμη να το ακούσω. Ή ίσως το καλύτερο που είχα να κάνω ήταν να το ξεπεράσω και να λύσω οριστικά αυτό το ενοχλητικό πρόβλημα. Δεν μπορούσα να σκεφτώ καθαρά πια. Περνούσα τόσο πολύ χρόνο δίνοντας συμβουλές στους πελάτες μου και βοηθώντας τους να πάρουν αποφάσεις που ήμουν πολύ εξαντλημένη για να ασχοληθώ με τα δικά μου θέματα. Αυτό που χρειαζόμουν ήταν λίγη προοπτική, λίγη απόσταση και ενδεχομένως λίγη ψυχανάλυση, αλλά, πάνω απ' όλα, χρειαζόμουν ένα καλό γέλιο. Αυτό που χρειαζόμουν ήταν η φίλη μου, η Γκρέις. Ο καλύτερος τρόπος για να συνομιλήσω με τη

Γκρέις κατά τη διάρκεια της ημέρας ήταν μέσω γραπτού μηνύματος. Εργαζόταν στο Φορτ Λόντερντεϊλ για μια μεγάλη εταιρεία κινητών αξιών που την κρατούσε απασχολημένη, αλλά συνήθως μπορούσε να απαντήσει σε ένα μήνυμα.

Hola Amiga! Μαντέψτε τι ανακάλυψα σήμερα; Παρεμπιπτόντως, μόλις σας έδωσα ένα στοιχείο...

Χμμμ... σας αρέσει να τρώτε στο Chipotle; Πεθαίνεις για μια παγωμένη μαργαρίτα;

Ούτε κατά διάνοια, Γκρέις...

Δώσε μου άλλο ένα στοιχείο.

Σκέφτομαι να κάνω μαθήματα salsa & merengue γιατί είναι στο "αίμα" μου.

Κάνεις οντισιόν για το "Dancing with the Stars"; Το βρήκα... είσαι Κουβανός βρικόλακας!

Έχεις μισό δίκιο...

Είσαι βαμπίρ; Ουάου, Τζέιμι!

Αυτό δεν είναι το "Η Ζώνη του Λυκ'οφωτος", Γκρέις. Όχι, έμαθα ότι ο πατέρας μου είναι Κουβανός.

Αστειεύεσαι! Ένας Κουβανός ονόματι Μπιλ Φρανκ;

Ή Αλλιώς, Γκουλιέρμο Φράνκο

Φοβερό! Τι άλλο βρήκατε;

Τίποτα. Δεν είμαι σίγουρη αν θέλω να μάθω περισσότερα.

Μην είσαι κότα! Φυσικά και έχεις! Δεν υπάρχει κάποιος με τον οποίο η μαμά σου ήταν κοντά τότε;

Πώς το ξέρω; Δεν είχα γεννηθεί ακόμα. Lol

Σκέψου, Τζέιμς! Ακόμα κι εγώ μπορώ να σκεφτώ κάποιον...

Είμαι εντελώς άσχετη.

Και η αδελφή της; Ξέρεις, η θεία σου η Πεγκ;

Η Πεγκ δεν ανέφερε ποτέ τον πατέρα μου.

Στοιχηματίζω ότι ποτέ δεν ρώτησες.

Όχι, ποτέ.

Κάνε το! Μετά μπορούμε να πάμε για κουβανέζικο φαγητό και να γιορτάσουμε την κληρονομιά σου.

Εντάξει, υποθέτω...

Hasta la vista μωρό μου

Ναι, ναι.

Δεν θα έβλαπτε να μιλήσω στην Πεγκ- έτσι κι αλλιώς της χρωστούσα ένα τηλεφώνημα. Αφού πέθανε η μητέρα μου πριν από ένα χρόνο, δεν βλεπόμασταν πολύ, γιατί πενθούσαμε και οι δύο με τον τρόπο μας. Αλλά όταν ο γιος της, ο Άνταμ, κατηγορήθηκε για φόνο, αυτό μας έφερε ξανά κοντά πολύ γρήγορα. Τώρα, προσπαθούσα να τρώω μαζί τους τουλάχιστον μία φορά το μήνα για να τα λέμε.

Αποφάσισα να τα μαζέψω νωρίς και να πάω σπίτι. Ήταν μια δύσκολη μέρα και ένιωθα έναν πονοκέφαλο να ανθίζει πίσω από τα μάτια μου. Έριξα δύο ασπιρίνες και κάλεσα τη θεία μου στο κινητό μου. Μπορούσα να περπατάω και να μιλάω χωρίς να σκοντάφτω τις περισσότερες φορές. Αφού κουβεντιάσαμε για το πώς τα πήγαινε ο Άνταμ στο Broward College και πόσο πολύ αγαπούσε η θεία Πεγκ τη νέα της τάξη δευτεροετών, με ρώτησε τι νέα είχα. Με έκανε να πάρω ανάσα, πόσο πολύ έμοιαζε με τη μαμά μου. Φοβήθηκα μήπως αρχίσω πάλι να κλαίω, αλλά το έπνιξα.

"Είναι όλα εντάξει;" ρώτησε ανήσυχη.

"Είμαι καλά, μην ανησυχείς. Μπορώ να σε ρωτήσω κάτι, θεία Πεγκ;"

"Φυσικά, Τζέιμι".

"Λοιπόν, αναρωτιόμουν... ξέρεις τίποτα για τον πατέρα μου;"

Υπήρξε μια μεγάλη στιγμή σιωπής, τόσο μεγάλη που νόμιζα ότι είχαμε αποσυνδεθεί.

"Ναι", απάντησε τελικά, "και έχω κάτι για σένα που κρατάω εδώ και αρκετό καιρό".

"Τώρα είμαι περίεργη, τι είναι;"

"Αν έρθεις, θα σου δείξω".

ΚΕΦΑΛΑΙΟ 7

Δεν θυμάμαι να πηγαίνω στο σπίτι της θείας μου. Απ' όσο ξέρω, το αυτοκίνητο πήγε μόνο του εκεί. Καθ' οδόν, αναρωτιόμουν γιατί δεν είχα ρωτήσει ποτέ τη θεία Πεγκ για τον πατέρα μου, δεδομένου ότι αυτή και η μητέρα μου ήταν τόσο κοντά. Η μητέρα μου ήταν πάντα προστατευτική με τη μικρότερη αδελφή της, ειδικά αργότερα, όταν το διαζύγιο της Πεγκ την άφησε τελείως καταρρακωμένη και να φροντίζει μόνη της έναν αυτιστικό γιο. Είμαι σίγουρη ότι και η Πεγκ βοήθησε τη μητέρα μου να περάσει κάποιες δύσκολες στιγμές, αλλά ήμουν πολύ μικρή για να θυμάμαι. Υποθέτω ότι όταν γνωρίζεις κάποιον σε όλη σου τη ζωή, δεν σου περνάει ποτέ από το μυαλό να τον ρωτήσεις για το παρελθόν του. Θα ένιωθες περίεργα, σαν να τους έπαιρνες συνέντευξη για ένα περιοδικό ή σαν να ήσουν απλά περίεργος. Ως επί το πλείστον, υποθέτεις ότι ήδη ξέρεις τα πάντα γι' αυτούς. Αλλά, όπως μαθαίνω, όλοι έχουν τα μυστικά τους.

Η θεία Πεγκ με υποδέχτηκε στην πόρτα με

μια αγκαλιά και με κάλεσε στο άνετο σαλόνι της, όπου καθίσαμε μαζί στον παραγεμισμένο καναπέ.

"Τζέιμι, έδωσα μια υπόσχεση στη μαμά σου και την κράτησα, αν και ήταν δύσκολο. Ήθελε να μάθεις ποιος είναι ο πατέρας σου, αλλά όχι μέχρι να είσαι έτοιμος".

"Αυτό είναι γελοίο! Δηλαδή, δεν επρόκειτο ποτέ να μου πεις τίποτα, εκτός αν σε ρωτούσα;"

Κοίταξε τα χέρια της διπλωμένα στα γόνατά της και δεν είπε τίποτα.

Σηκώθηκα και άρχισα να περπατάω. "Τι είμαι, παιδί; Είμαι τριάντα τριών ετών, θεία Πεγκ! Νομίζω ότι μπορώ να χειριστώ ό,τι κι αν είναι. Ποια είναι η ιστορία; Είναι έμπορος ναρκωτικών; Ένας εγκληματίας πολέμου; Θέλω να πω... τι στο διάολο;"

Κάθισα ξανά. "Λυπάμαι, δεν φταις εσύ και δεν έπρεπε να ξεσπάσω πάνω σου".

Η θεία μου μου χαμογέλασε λίγο. "Δεν πειράζει, Τζέιμι. Θα είχα κάνει το ίδιο -ή και χειρότερα. Αλλά χαίρομαι που μπορώ επιτέλους να σου δώσω αυτό. Είναι ένα γράμμα από τη μαμά σου".

Δεν το περίμενα αυτό. Ήταν αρκετά δύσκολο να ακούω τη φωνή της μητέρας μου στον τηλεφωνητή μου μετά το θάνατό της- πώς θα μπορούσα να διαβάσω ένα γράμμα της; Ξεδίπλωσα προσεκτικά το γράμμα και ανάγκασα τον εαυτό μου να το διαβάσει αργά, καταπολεμώντας την ανάγκη να το διαβάσω με ταχύτητα και να καταβροχθίσω κάθε λέξη. Βλέποντας τον όμορφο γραφικό της χαρακτήρα με έσκισε σχεδόν όσο και οι λέξεις της.

8 Μαΐου 2012

Αγαπημένη μου Τζέιμι,

Είναι τόσο παράξενο να σου γράφω ένα γράμμα, ενώ εσύ είσαι εδώ και κοιμάσαι στο διπλανό δωμάτιο. Μόλις συνειδητοποίησα ότι δεν σου έχω ξαναγράψει και λυπάμαι που αυτό θα είναι το πρώτο και τελευταίο μου γράμμα σε σένα- είναι σαν μια γλυκανάλατη ταινία στο κανάλι Lifetime.

Πάντα μπορούσαμε να μιλάμε η μία στην άλλη για τα πάντα, με μια εξαίρεση, και αυτή είναι δικό μου λάθος. Τζέιμι, δεν μπορώ να σου πω πόσο λυπάμαι που δεν σου είπα ποτέ για τον πατέρα σου. Ακόμα δεν μπορώ να το κάνω αυτοπροσώπως, ακόμα και τώρα που ο χρόνος τελειώνει. Είναι εγωιστικό εκ μέρους μου, το ξέρω, αλλά ποτέ δεν ήθελα να σε πληγώσω και ακόμα δεν το θέλω.

Όταν ήσουν μικρή, ρωτούσες συνεχώς για τον πατέρα σου. Ήταν οδυνηρό για μένα να σου λέω ψέματα. Τελικά, σταμάτησες να ρωτάς, και αυτό μου προκαλούσε επίσης πόνο, αλλά για διαφορετικό λόγο. Πάντα σχεδίαζα να σου μιλήσω γι' αυτόν, αλλά ποτέ δεν φαινόταν η κατάλληλη στιγμή. Είμαι σίγουρη ότι το μυαλό σου τρέχει τώρα και φαντάζεσαι διάφορα πράγματα, γι' αυτό άσε με να σε καθησυχάσω, ο πατέρας σου είναι καλός άνθρωπος και λυπάμαι κάθε μέρα που δεν μπορεί να είναι μέρος της ζωής σου.

Το όνομά του είναι Γκιγιέρμο Φράνκο, αλλά συνηθίζει να ακούει στο όνομα Μπιλ Φρανκ. Γνωριστήκαμε το 1978 σε μια πολιτική συγκέντρωση στο Μαϊάμι, στην οποία με έπεισε να πάω η φίλη μου η Κάρμεν. Η Κάρμεν είναι Κουβανή και είχε ακόμα οικογένεια εκεί. Ήταν πολύ παθιασμένη με τον σκοπό τους. Τα πράγματα ήταν άσχημα για τους Κουβανούς, τόσο στην πατρίδα τους όσο και στις ΗΠΑ, όπου είχαν καταφύγει για να βρουν καταφύγιο από το καθεστώς του Κάστρο. Εκείνη τη χρονιά οι Κουβανοί εξόριστοι στη Νέα Υόρκη βομβάρδισαν την κουβανική αποστολή στα Ηνωμένα Έθνη. Ήταν μια τεταμένη περίοδος.

Από τη στιγμή που έφτασα στη συγκέντρωση, ήθελα να φύγω. Επικρατούσε το απόλυτο χάος και δεν βοηθούσε το γεγονός ότι δεν μιλούσα ισπανικά. Όταν έχασα την Κάρμεν μέσα στο πλήθος, πανικοβλήθηκα. Με έσπρωχναν και με έσπρωχναν από κάθε κατεύθυνση μέχρι που κάποιος μπήκε στη μέση και άρχισε να σπρώχνει τους ανθρώπους μακριά μου. Γύρισα και βρέθηκα να κοιτάζω τα πιο ευγενικά μάτια που είχα δει ποτέ. Ήταν μόλις είκοσι χρονών, όπως κι εγώ, αλλά φαινόταν τόσο σίγουρος για τον εαυτό του. Μου είπε να μείνω κοντά του, ότι θα με κρατούσε ασφαλή, και τον πίστεψα. Ο Μπιλ ήταν ξένος, αλλά τον εμπιστεύτηκα αμέσως. Ακόμα και όταν ήρθε η αστυνομία και μας συνέλαβαν, εκείνος εξακολουθούσε να με προσέχει.

Αφού αποφυλακιστήκαμε την επόμενη μέρα, ο Μπιλ και εγώ αρχίσαμε να περνάμε πολύ χρόνο μαζί. Η σχέση μας ήταν ακόμη πιο έντονη λόγω της πολιτικής αναταραχής και της συμμετοχής του Μπιλ στον αγώνα της Κούβας. Ήμασταν μαζί για ένα χρόνο και ήμασταν απίστευτα ευτυχισμένοι, αλλά τότε, στις 11 Ιουνίου 1979, όλα κατέρρευσαν. Αρκετοί Κουβανοί προσπάθησαν να εισβάλουν με τη βία στην πρεσβεία της Βενεζουέλας και η αστυνομία άνοιξε πυρ. Ένα άτομο τραυματίστηκε και οι υπόλοιποι συνελήφθησαν, συμπεριλαμβανομένου του Μπιλ. Τον απέλασαν και δεν τον ξαναείδα ποτέ. Ένα μήνα αργότερα, έμαθα ότι ήμουν έγκυος σε σένα.

Όλα αυτά τα χρόνια, ήλπιζα να έχω νέα του, αλλά δεν είχα ποτέ. Μπορώ μόνο να υποθέσω ότι είναι νεκρός ή στη φυλακή. Οπότε, βλέπετε, δεν είναι ωραία ιστορία να λες σε ένα κοριτσάκι για τον μπαμπά του. Δεν μπορούσα καν να επινοήσω ένα αίσιο *τέλος, γί αυτό την κράτησα για τον εαυτό μου.*

Ο Μπιλ ήταν (είναι;) ένας υπέροχος άνθρωπος και θα τον αγαπούσες, όπως θα σε αγαπούσε κι εκείνος. Ξέρω ότι πάντα ευχόσουν να είχες έναν μπαμπά και λυπάμαι που δεν μπόρεσα να σου δώσω τον δικό σου. Βλέπω πολλά από εκείνον σε σένα: την καλοσύνη του, την αίσθηση του χιούμορ του και την ικανότητά του να σχετίζεται με όλα τα είδη των ανθρώπων. Και του άρεσε να διαβάζει επιστημονική φαντασία, όπως ακριβώς και εσύ.

Ελπίζω να με συγχωρέσεις, Τζέιμι. Εύχομαι τα πράγματα να ήταν διαφορετικά, αλλά έτσι είναι τα πράγματα. Είσαι το πιο σημαντικό πρόσωπο στη ζωή μου και είμαι τόσο ευγνώμων που σε έχω κόρη μου. Νομίζω ότι το ξέρεις ήδη αυτό.

Με όλη μου την αγάπη,
Μαμά

ΚΕΦΑΛΑΙΟ 8

Διάβασα το γράμμα δύο φορές, προσπαθώντας να κάνω τις λέξεις να κολλήσουν στο μυαλό μου, αλλά συνεχώς διαλύονταν. Δεν μπορούσα να καταλάβω τις έννοιες. Πράγματα όπως *φυλακή, θάνατος, όχι αίσιο τέλος* - δεν μπορούσαν να είναι αλήθεια, δεν ήθελα να είναι αλήθεια. Όλη μου τη ζωή έψαχνα έναν άντρα που δεν υπήρχε, που δεν ήξερε καν ότι υπήρχα.

"Φαίνεσαι τόσο χλωμή, Τζέιμι. Είσαι καλά;" ρώτησε η θεία μου. "Ξέρω ότι είναι πολλά για..."

"Λυπάμαι", είπα, "πρέπει να φύγω".

Πήρε το χέρι μου και το έσφιξε. "Γιατί δεν μένεις για δείπνο; Ο Αδάμ θα γυρίσει σύντομα με τα σκυλιά. Ξέρω ότι θα ήθελε πολύ να σε δει".

Κούνησα το κεφάλι μου. "Δεν μπορώ, θεία Πεγκ. Πρέπει να μείνω μόνη μου αυτή τη στιγμή".

Στη σύντομη διαδρομή προς το σπίτι μου στην οδό Πολκ, προσπάθησα να καθαρίσω το μυαλό μου και να μη σκέφτομαι τίποτα. Όταν αυτό δεν λειτούργησε, έκανα τη μόνη άσκηση διαλογισμού που ήξερα, εστιάζοντας στην αναπνοή μου επαναλαμβάνοντας: "Εισπνέω, εκπνέω". Πριν το καταλάβω, ήμουν σπίτι. Το να βρίσκομαι στο σπίτι με κάνει συνήθως να νιώθω καλύτερα, αλλά όταν άνοιξα την πόρτα, ήταν εκεί, ο κύριος Πατούσα. Μαζί με την κληρονομιά του σπιτιού της μητέρας μου, κληρονόμησα και τον γάτο της, έναν γάτο που έκανε τα πάντα για να με κάνει να νιώθω ανεπιθύμητη. Όταν επισκεπτόμουν τη μαμά μου, με σφύριζε και εγώ του απαντούσα. Η μαμά μου γελούσε και έλεγε: "Δεν μπορείτε να τα βρείτε;".

Τώρα που εγώ ήμουν το άτομο που τον τάιζε, είχε σταματήσει να σφυρίζει, αλλά αυτό δεν σήμαινε ότι συμπαθούσαμε ο ένας τον άλλον. Είχα αλλάξει το όνομά του σε "Μεγάλος Μπελάς", για να ταιριάζει με την προσωπικότητά του, πράγμα που δεν τον έκανε να με συμπαθεί λιγότερο, αλλά μόνο επειδή αυτό δεν ήταν δυνατόν.

Αφού τάισα το αχάριστο πλάσμα, προσπάθησα να δω τηλεόραση, αλλά δεν μπορούσα να συγκεντρωθώ. Δεν πεινούσα, οπότε αποφάσισα να κάνω ένα ντους και να πάω για ύπνο. Όχι ότι περίμενα να κοιμηθώ πολύ (ο ύπνος δεν είναι το φόρτε μου), αλλά ήμουν κουρασμένη και χρειαζόμουν ένα διάλειμμα από τον πραγματικό κόσμο.

Αν αυτό ήταν μια ταινία της ζωής μου, το σενάριο θα έλεγε "cut to dream sequence" και στη συνέχεια θα εκτυλισσόταν μια παράξενη σκηνή...

Είμαι μέσα στο πλήθος και ψάχνω τον πατέρα μου. Ξέρω ότι είναι εκεί, αλλά δεν μπορώ να τον βρω. Όλοι είναι ψηλότεροι από μένα και μερικοί άνθρωποι έχουν πρόσωπα ζώων, πράγμα που με τρομάζει. Με σπρώχνουν και με προσπερνούν σαν να είμαι αόρατος. Κάποιος φωνάζει, αλλά δεν καταλαβαίνω τίποτα. Αρχίζω να πανικοβάλλομαι και τότε βλέπω μια γυναίκα που μου φαίνεται γνωστή. Προσπαθώ να τραβήξω την προσοχή της και, ξαφνικά, στέκεται δίπλα μου. Είναι η Μπέκα Σόλομον, αλλά μοιάζει διαφορετική. Τα μάτια της είναι μαύρα, σαν μάτια ψαριού, και υπάρχει αίμα στα ρούχα της. Λέει "Τον προειδοποίησα, αλλά δεν άκουγε" και μετά εξαφανίζεται. Το πλήθος αραιώνει- ένας άντρας έρχεται προς το μέρος μου. Δεν μοιάζει με τον πατέρα μου, αλλά με κάποιο τρόπο ξέρω ότι είναι αυτός. Νιώθω ότι μπορώ να αναπνεύσω ξανά. Μου χαμογελάει και το πλήθος εξαφανίζεται.

Ξυπνάω ξεκούραστη και γαλήνια. Η αριστερή μου πλευρά είναι πιο ζεστή από τη δεξιά, κάτι που μου φαίνεται περίεργο μέχρι που συνειδητοποιώ ότι η γάτα έχει συρθεί στο κρεβάτι μαζί μου και γουργουρίζει απαλά. Τον χαϊδεύω και μου γλύφει το χέρι. Η ζωή μου γίνεται όλο και πιο παράξενη κάθε μέρα.

ΚΕΦΑΛΑΙΟ 9

Η ομορφιά του να εργάζεσαι για τον εαυτό σου είναι ότι μπορείς να διαμορφώνεις το ωράριό σου και το πρόγραμμά σου. Ο κίνδυνος έγκειται στο να γίνετε εντελώς τεμπέλης. Είναι ένας ολισθηρός δρόμος, το παραδέχομαι. Μια μέρα, αποφασίζεις να χαλαρώσεις, να πας αργά, να παρατήσεις τη δουλειά, και την επόμενη στιγμή είσαι εθισμένος στο "Days of Our Lives" και τρως παγωτό από το κουτί με τις πιτζάμες σου. Όχι ότι το έχω κάνει ποτέ αυτό.

Αν κάποιος άξιζε μια ημέρα ψυχικής υγείας εκείνη την Παρασκευή, αυτός ήμουν εγώ. Νομίζω ότι όλοι μπορούμε να συμφωνήσουμε σε αυτό. Και δεν θα έπαιρνα καν όλη την ημέρα- είχα προγραμματίσει να πάω το μεσημέρι. Έλεγξα και το ηλεκτρονικό μου ταχυδρομείο, οπότε κατά κάποιο τρόπο δούλευα. Ευτυχώς, μόνο ένα e-mail χρειαζόταν απάντηση και ήταν από την Μπέκα. Ανατρίχιασα, θυμούμενη το όνειρό μου, αλλά μια γρήγορη γουλιά καυτού καφέ με επανέφερε στην πραγματικότητα. Η ερώτησή της ήταν... έπρεπε να δώσει στον Τζο τα παιδιά αν εμφανιζόταν μεθυσμένος; Πάντα έβγαινε τα βράδια της Πέμπτης με τους φίλους του και μεθούσε (είπε), και φοβόταν ότι θα ήταν ακόμα μεθυσμένος την ώρα που θα τον έπαιρνε το πρωί.

Εκ των υστέρων, ένα πτυχίο ψυχολογίας ή συμβουλευτικής θα ήταν χρήσιμο, επειδή έπρεπε να μάθω αυτά τα πράγματα στη δουλειά.

*Όχι, έγραψα στη Μπέκα, σίγουρα δεν πρέπει να δώσεις στον Τζο τα παιδιά αν είναι μεθυσμένος, ΑΛΛΑ πρέπει να υπάρχει επιβεβαίωση της κατάστασής του. Ίσως θα πρέπει να έχετε ένα αντικειμενικό τρίτο μέρος εκεί για να κάνει αυτή τη διαπίστωση. **Δεν πρέπει να είναι ο φίλος σας, ο Τσάρλι**. Κρατήστε ημερολόγιο για οτιδήποτε συμβαίνει και να θυμάστε - ο Τζο είναι ο πατέρας των παιδιών σας. Ξέρω ότι είναι δύσκολο, αλλά οι δυο σας πρέπει να βρείτε έναν τρόπο να γίνετε γονείς μαζί για το καλό των κοριτσιών σας. Ας ελπίσουμε ότι η ένταση θα υποχωρήσει μετά την οριστικοποίηση του διαζυγίου.*

Στη συνέχεια, με την ικανοποίηση ότι έκανα πέντε ολόκληρα λεπτά δουλειάς, πήρα τον καφέ μου και ένα βιβλίο και βγήκα στη βεράντα για να απολαύσω λίγες ακτίνες βιταμίνης D και να χαλαρώσω. Κάποια στιγμή πρέπει να αποκοιμήθηκα γιατί έχασα αρκετές κλήσεις. Μία ήταν από το γραφείο μου και δύο ήταν από την Becca. Πάει καιρός που πήρα λίγες ώρες για τον εαυτό μου. Ήταν δύσκολο να αποφασίσω τι ήταν πιο δυσάρεστο, να μιλήσω με τη Λίζα, η οποία μπορεί να έκλαιγε, ή με την Μπέκα. Ήταν μια αμφίρροπη επιλογή. Ως συμβιβασμό, άκουσα τον τηλεφωνητή της Μπέκα. Στο πρώτο της μήνυμα, ακουγόταν ενοχλημένη. Ο Τζο δεν είχε εμφανιστεί για να πάρει τα παιδιά και είχε ήδη αργήσει μια ώρα. Αλλά το δεύτερο μήνυμά της ήταν ανησυχητικό. Ακουγόταν υστερική και έλεγε ότι η αστυνομία ήταν στην πόρτα της και ότι θα μπορούσα να της τηλεφωνήσω αμέσως. Η καρδιά μου άρχισε να χτυπάει δυνατά, όπως κάνει πάντα σε μια κρίση, είτε είναι η δική μου είτε οποιουδήποτε άλλου, οπότε πάτησα το κουμπί επανάκλησης και περίμενα νευρικά να το σηκώσει.

"Μπέκα; Είμαι η Τζέιμι. Τι συμβαίνει;"

"Τζέιμι... η αστυνομία είναι εδώ, δεν μπορώ να μιλήσω τώρα". Ακουγόταν σαν να έκλαιγε.

"Μα, τι συμβαίνει; Τι συνέβη;"

Λυγίζει. "Είναι ο Τζο... είναι νεκρός!"

ΚΕΦΆΛΑΙΟ 10

Σοκαρίστηκα. Τι θα μπορούσε να έχει συμβεί; Ίσως ένα αυτοκινητιστικό ατύχημα ή ένα βίαιο έγκλημα ή μια καρδιακή προσβολή. Νεότεροι από τον Τζο είχαν πεθάνει ξαφνικά. Γι' αυτό αποκαλούν αυτές τις πρώιμες επιθέσεις "χήρες". Λοιπόν, τώρα δεν θα υπήρχαν πια καβγάδες, ούτε και διαζύγιο. Αυτά τα καημένα τα παιδιά, η Λία και η Λέινι, είχαν ήδη περάσει τόσα πολλά και τώρα να χάσουν τον πατέρα τους - ήταν τραγικό. Δεν μπορούσα να κάνω και πολλά πράγματα γι' αυτή την οικογένεια, εκτός από το να τους αφήσω στη θλίψη τους. Φυσικά, αν η Μπέκα χρειαζόταν κάτι, θα έβαζα τα δυνατά μου για να τη βοηθήσω.

Μου ήρθε στο μυαλό ότι δεν είχα τελειώσει την προετοιμασία της παραγγελίας από την τελευταία μας ακρόαση. Τώρα δεν χρειαζόταν να το κάνω, θα κατέθετα μια απόρριψη αντί γι' αυτό. Αν και νόμιζα ότι είχα δει τα πάντα στο παρελθόν, αυτό ήταν κάτι πρωτόγνωρο για μένα και έπρεπε να το σκεφτώ καλά. Επειδή η

Μπέκα και ο Τζο ήταν ακόμη παντρεμένοι τη στιγμή του θανάτου του και δεν υπήρχε προγαμιαίο συμβόλαιο, θα κληρονομούσε όλα τα κοινά περιουσιακά τους στοιχεία. Επίσης, ο Τζο είχε ένα ασφαλιστήριο συμβόλαιο ζωής με δικαιούχους τη σύζυγο και τις κόρες του, οπότε αυτό θα έμπαινε σε εφαρμογή. Τέλος, τα κορίτσια δικαιούνταν να λαμβάνουν επιδόματα κοινωνικής ασφάλισης θανάτου μέσω του πατέρα τους μέχρι να συμπληρώσουν τα δεκαοκτώ τους χρόνια. Η Μπέκα θα ήταν έτοιμη οικονομικά, αλλά, συναισθηματικά, αυτή και τα παιδιά της είχαν μακρύ δρόμο μπροστά τους.

Η σκέψη ότι αυτά τα νεαρά κορίτσια έχασαν τον πατέρα τους ήταν σχεδόν υπερβολική για μένα. Μήπως ο δικός μου μπαμπάς ήταν σε μια κουβανική φυλακή όλα αυτά τα χρόνια; Πώς θα μπορούσα να μην τον ψάξω τώρα που το ήξερα; Και πόσο τρομερό θα ήταν να τον βρω, αλλά να είμαι αδύναμος να κάνω κάτι; Μακάρι η μητέρα μου να μου είχε πει γι' αυτόν νωρίτερα, αλλά καταλάβαινα τους λόγους της. Ήξερε ότι δεν θα το άφηνα να περάσει, ότι δεν θα σταματούσα μέχρι να τον βρω και ότι αυτό θα μπορούσε να οδηγήσει μόνο σε στενοχώρια.

Ίσως θα μπορούσα να βρω την απάντηση γρήγορα και να τελειώσω με αυτό. Αν ήξερα ότι ο πατέρας μου ήταν νεκρός, τουλάχιστον θα είχα κλείσει το θέμα και δεν θα χρειαζόταν να αναρωτιέμαι για το υπόλοιπο της ζωής μου. Ποιον κορόιδευα; Τίποτα δεν ήταν ποτέ εύκολο, αλλά τουλάχιστον είχα κάποιες πηγές που μπορούσα να χρησιμοποιήσω. Υπήρχαν δικηγόροι μετανάστευσης που μπορούσα να καλέσω, είχα τον Ντουκ και τη Γκρέις και όλες τις διασυνδέσεις τους, και είχα το Διαδίκτυο. Και δεν θα μπορούσα να ζήσω σε καλύτερο μέρος. Υπήρχαν σχεδόν ένα εκατομμύριο Κουβανοί στη Νότια Φλόριντα, πολλοί από αυτούς είχαν συγγενείς στην Κούβα- σίγουρα, ένας από αυτούς θα μπορούσε να με βοηθήσει να βρω τον πατέρα μου.

Όπως αποδείχθηκε, τελικά δεν θα πήγαινα στο γραφείο. Κάθισα στον υπολογιστή μου με ένα αχνιστό φλιτζάνι καφέ και μια γάτα στην αγκαλιά μου (ναι, αυτό είπα) για να αρχίσω να φτιάχνω λίστες. Είχε έρθει η ώρα να ξεκινήσω το "Σχέδιο Μπαμπάς".

ΚΕΦΑΛΑΙΟ 11

Δεν ντρέπομαι να σας πω ότι ξεκίνησα με τη WiKiπedia. Ήθελα να αποκτήσω μια γενική εικόνα της πολιτικής κατάστασης στην Κούβα, καθώς και της ιστορίας από τότε που ο Κάστρο ανέλαβε την εξουσία. Με ενδιέφερε ιδιαίτερα η καταστολή των κουβανών αντιφρονούντων το 2003, γνωστή ως "Μαύρη Άνοιξη", όπου η κυβέρνηση είχε φυλακίσει εβδομήντα πέντε αντιφρονούντες, συμπεριλαμβανομένων δημοσιογράφων και εκπαιδευτικών, οι οποίοι αργότερα υιοθετήθηκαν από τη Διεθνή Αμνηστία ως κρατούμενοι συνείδησης. Οι κρατούμενοι τελικά απελευθερώθηκαν και εξορίστηκαν στην Ισπανία, εκτός από εκείνους που είχαν πεθάνει στη φυλακή. Ο ιστότοπος απαριθμούσε όλους τους κρατούμενους, ακόμη και τους νεκρούς, αλλά το όνομα του πατέρα μου δεν ήταν ένα από αυτά.

Στη συνέχεια αναζήτησα τοπικές οργανώσεις που θα μπορούσαν να με βοηθήσουν και η πρώτη που βρήκα ήταν το

"The Cuban Liberty Council" στο Μαϊάμι, το οποίο ήταν αφιερωμένο στην προώθηση της δημοκρατίας στην Κούβα και στην παροχή βοήθειας σε ομάδες ανθρωπίνων δικαιωμάτων και αντιπολίτευσης στην Κούβα. Αυτό μου φάνηκε πολλά υποσχόμενο. Συνέχισα να ψάχνω και βρήκα μια ακόμη καλύτερη: το "Free Cuba Foundation", μια μη κερδοσκοπική/μη κομματική οργάνωση που εργάζεται για την εγκαθίδρυση μιας ανεξάρτητης και δημοκρατικής Κούβας με μη βίαια μέσα. Οι στόχοι τους ήταν να παρέχουν πληροφορίες για την κατάσταση στο εσωτερικό της Κούβας, να παρέχουν μια πλατφόρμα για ακτιβιστές των ανθρωπίνων δικαιωμάτων και της δημοκρατίας και να παρέχουν ένα μέσο στην κοινότητα του Διαδικτύου για να συμμετάσχει σε εκστρατείες για την απελευθέρωση των πολιτικών κρατουμένων ή τη βελτίωση των συνθηκών διαβίωσής τους. *Παρείχαν επίσης έναν κατάλογο των σημερινών πολιτικών κρατουμένων.* Ανακουφίστηκα όταν είδα ότι ούτε ο πατέρας μου ήταν σε αυτόν τον κατάλογο. Αυτό δεν σημαίνει ότι δεν θα μπορούσε να είναι στη φυλακή για κάποιον άλλο λόγο.

Ήξερα ότι ήταν μια μακρινή βολή, αλλά έτρεξα επίσης το όνομα του πατέρα μου μέσω του SSDI (Social Security Death Index). Δεν θα είχε αριθμό κοινωνικής ασφάλισης εκτός αν ήταν νόμιμα εδώ ή αν ήταν πολίτης, και δεν θα ήταν στο SSDI εκτός αν ήταν *νεκρός* πολίτης, οπότε δεν εξεπλάγην όταν δεν βρέθηκε τίποτα. Τον έψαξα ακόμα και στο Facebook. Μόλις αποφάσιζα τι να κάνω στη συνέχεια, όταν χτύπησε το τηλέφωνό μου. Ήταν ένα μήνυμα από την Μπέκα. Επιτέλους! Είχαν περάσει πάνω από τρεις ώρες από τότε που είχαμε μιλήσει.

Συγγνώμη που δεν τηλεφώνησα, μου έστειλε μήνυμα, *αλλά είμαι πολύ αναστατωμένη για να μιλήσω σε κανέναν. Η αστυνομία πιστεύει ότι ο Τζο πέθανε από υπερβολική δόση. Δεν θα ξέρουν σίγουρα μέχρι τη νεκροψία. Τα κορίτσια μου δεν έχουν σταματήσει να κλαίνε. Αυτό είναι τόσο απαίσιο...*

Υπερδοσολογία; Δεν το περίμενα αυτό. Ο Τζο δεν φαινόταν τέτοιος τύπος... πότης, ναι, αλλά όχι ναρκομανής. Και δεν μου είχε κάνει εντύπωση ότι είχε τάσεις αυτοκτονίας. Ξέρω σίγουρα ότι ανυπομονούσε να δει τα παιδιά του και φαινόταν ότι απολάμβανε να κάνει την Μπέκα δυστυχισμένη.

Έστειλα τα συλλυπητήριά μου: *Λυπάμαι πολύ, Μπέκα. Αυτά είναι τρομερά νέα! Σε παρακαλώ, ενημέρωσέ με αν μπορώ να βοηθήσω με οποιονδήποτε τρόπο. Μη διστάσετε να μου τηλεφωνήσετε. Τα καλύτερα, Τζέιμι*

Όπως βλέπετε, εμείς οι δικηγόροι οικογενειακού δικαίου έχουμε μια στρεβλή άποψη για τον κόσμο. Πώς θα μπορούσαμε να μην έχουμε; Όλοι γύρω μας φέρονται τρελά- λένε συνέχεια ψέματα, τσακώνονται για ανόητα πράγματα, όπως φούρνους μικροκυμάτων ή παιδικά τρένα που ισχυρίζονται ότι είναι οικογενειακά κειμήλια.

Για χάρη της λογικής μας, πρέπει να απομακρυνόμαστε μερικές φορές, να κάνουμε παρέα με διασκεδαστικούς ανθρώπους. Το διασκεδαστικό μου άτομο ήταν η Γκρέις, γι' αυτό και την είχα στην ταχεία κλήση.

"Είναι happy hour ακόμα;" ρώτησα, όταν απάντησε στο τηλέφωνο.

"Είναι κάπου πέντε η ώρα, φαντάζομαι. Τι πίνεις, ένα Cuba Libre;"

"Ένα παγωμένο ρούμι είναι κάτι περισσότερο."

"Έγινε, Amiga. Ευτυχώς που είναι Latin Night στου Tekila! Τα λέμε σε τριάντα λεπτά".

Άλλαξα τα ρούχα μου και πήγα να βρω τη δόση λογικής μου. Το πρώτο μέρος που σκόπευα να ψάξω ήταν μέσα σε ένα ψηλό ποτήρι, με ένα κεράσι στην κορυφή.

ΚΕΦΑΛΑΙΟ 12

Το Tekila's είναι ένα χαλαρό μπαρ στη λεωφόρο Hollywood Boulevard με διαφορετικό θέμα κάθε βράδυ. Είναι επίσης μεξικάνικο εστιατόριο. Στην Γκρέις και σε μένα αρέσει να πηγαίνουμε εκεί τις Παρασκευές για τις Latin Nights, επειδή μας αρέσει η αισιόδοξη μουσική και οι ιδιόρρυθμοι, διασκεδαστικοί άνθρωποι που χορεύουν σε αυτήν. Όχι ότι εμείς χορεύουμε. Το να περπατάω χωρίς να σκοντάφτω είναι αρκετή πρόκληση. Ευτυχώς, το όνομά μου δεν είναι Γκρέις, οπότε δεν έχω όλη αυτή την πίεση.

Ανυπομονούσα να χαλαρώσω με την καλύτερή μου φίλη και να συζητήσουμε για την εβδομάδα μας, αν και δεν είχα καμία πρόθεση να μιλήσω για την Μπέκα. Η θλιβερή ιστορία της ήταν ο λόγος που έπρεπε να φύγω αρχικά.

Η πόλη του Χόλιγουντ είναι συνολικά περίπου τριάντα τετραγωνικά μίλια, οπότε όλα είναι κοντά. Μου πήρε μόνο είκοσι λεπτά για να φτάσω στο Tekila's, ακόμη και με την κίνηση σε ώρα αιχμής. Η Γκρέις καθόταν ήδη στο λουστραρισμένο μπαρ, ντυμένη με τα ρούχα της "Casual Friday", τα οποία εξακολουθούσαν να είναι αρκετά κομψά, πίνοντας μια Μαργαρίτα με πάγο, με έξτρα αλάτι. Μπορούσα να δω ένα παγωμένο runner ρούμι στο μπαρ, που περίμενε μόνο για μένα. Το ποτήρι δεν είχε καν αρχίσει να ιδρώνει.

"Ουάου!" Είπα, γλιστρώντας στο σκαμπό του μπαρ. "Πώς ήρθες εδώ τόσο γρήγορα; Με τζετ πακετάκι;"

Έφερα το ποτό μου πιο κοντά και έβαλα το στόμα μου στο καλαμάκι. Αμέσως, ο γλυκός, ξινός, παγωμένος δρομέας ρούμι άρχισε να γλιστράει πάνω στη γλώσσα μου, μουδιάζοντας και διεγείροντάς την ταυτόχρονα. Αναστέναξα με ικανοποίηση. Περίεργο πώς κάτι τόσο κρύο μπορούσε να με κάνει να νιώσω τόσο ζεστή.

"Τηλεμεταφέρθηκα", είπε η Γκρέις γελώντας. "Προσπάθησε να συμβαδίζεις, Τζέιμι, εντάξει; Στην πραγματικότητα, ήμουν στη γωνία και έπαιρνα ένα αντίγραφο. Έχω μια μεγάλη δίκη που πλησιάζει και ο πελάτης μου μου προκαλεί έλκος. Με αυτόν τον ρυθμό, θα πρέπει να αρχίσω να αγοράζω Rolaids ανά υπόθεση".

"Καημένε μου!" Είπα, χαϊδεύοντας το χέρι της με το κρύο, υγρό χέρι μου. Τράβηξε το χέρι της μακριά κι εγώ γέλασα.

"Χε-χε!" Διαμαρτυρήθηκε.

"Προσπαθώ απλώς να σε αποπροσανατολίσω από τα προβλήματά σου", είπα. "Παρακαλώ." Μετά επέστρεψα να ρουφήξω το ποτό μου.

"Ελπίζω να πάθεις εγκεφαλική κατάψυξη", είπε η Γκρέις, χωρίς περιστροφές.

"Ω, το σχεδιάζω. Αλλά αυτό δεν θα με σταματήσει από το να παραγγείλω άλλο ένα. Πώς είναι η Μαργαρίτα σας, κυρία μου; Ανταποκρίνεται στα υψηλά σας στάνταρ;"

Η Γκρέις ξεφούρνισε. "Τα στάνταρ μου είναι πολύ χαμηλά όταν πρόκειται για Μαργαρίτες. Το μόνο που χρειάζομαι είναι ένα σφηνάκι τεκίλα και λίγο αλάτι και είμαι ευτυχισμένη".

"Μιλώντας για χαμηλά στάνταρ", είπα, κάνοντας νόημα στον Τζαν, τον αγαπημένο μας μπάρμαν, για άλλο ένα γύρο, "παράτησες τελικά αυτόν τον χαμένο, τον Κρίστοφερ, ή τον πήρες πίσω, *πάλι;*"

Η Γκρέις τελείωσε το ποτό της μόλις ο Τζαν έβαλε ένα καινούργιο μπροστά της. Ο συγχρονισμός της ήταν πάντα άψογος.

"Συγγνώμη, δεν μπορώ να σας ακούσω, η μουσική είναι πολύ δυνατά".

"Γκρέις, σοβαρά; Τον πήρες πίσω; Σε κοροϊδεύει εντελώς, δεν δουλεύει σχεδόν καθόλου και δεν είναι καν καλός. Και τώρα *με* κάνει να φαίνομαι σαν τον κακό. Θα έπρεπε να σου πω τα δικά μου λόγια -που είναι ο αυτοσεβασμός σου, σου αξίζει κάτι καλύτερο, όλα αυτά, αλλά δεν πρόκειται να το κάνω. Έτσι κι αλλιώς δεν θα με ακούσεις".

"Έχεις δίκιο."

"Το ξέρω ότι είμαι."

"Εννοώ, έχεις δίκιο ότι δεν ακούω". είπε η Γκρέις. "Κοίτα, δεν είμαι τρελή, Τζέιμι. Βλέπω τον Κρίστοφερ γι' αυτό που είναι, αλλά εξακολουθεί να μου αρέσει. Είναι αστείος και αυθόρμητος και περνάμε καλά μαζί. Ποτέ δεν είπα ότι είναι ο *κύριος Σωστός*- είναι απλώς ο *κύριος Σωστός Τώρα*. Εντάξει;"

"Εντάξει, συγγνώμη. Απλά προσπαθώ να προσέχω την καλύτερή μου φίλη. Θα το βουλώσω τώρα. Μπορείς να μου δώσεις οποιαδήποτε στιγμή συμβουλές για την ερωτική μου ζωή", είπα.

"Θα το έκανα, αλλά..."

"Αλλά, τι;"

"Δεν έχεις ερωτική ζωή". Η Γκρέις με κοίταξε από το πλάι.

"Ω, ναι, σωστά. Δεν έχω". Ήπια το δεύτερο ρούμι μου. Δύο είναι το όριό μου, οπότε έπρεπε να το κάνω να κρατήσει για πολύ.

"Τι θα κάνουμε γι' αυτό;" ρώτησε η Γκρέις, χτυπώντας το πόδι της στη μουσική, καθώς παρακολουθούσε ένα ζευγάρι να χορεύει σάλσα στην άλλη άκρη του δωματίου. Ήταν καλοί.

"Ένα πρόβλημα τη φορά, Γκρέις", είπα. "Αυτή τη στιγμή, ψάχνω τον πατέρα μου και δεν ξέρω καν από πού να αρχίσω. Πώς υποτίθεται ότι θα έχω εμμονή, αν εσύ προσπαθείς συνέχεια να μου αποσπάσεις την προσοχή;"

"Περίμενε ένα λεπτό", είπε, αφήνοντας το ποτό της κάτω και δίνοντάς μου όλη της την προσοχή. "Χθες, ήσουν πολύ φρικαρισμένη για να ρωτήσεις τη θεία σου για τον πατέρα σου, και τώρα αφιερώνεις τη ζωή σου στο να τον βρεις; Μήπως μου ξέφυγε κάτι;"

"Ναι, το έκανες. Θα σε προλάβω, αλλά πρώτα θα χρειαστώ μερικά τάκος. "

ΚΕΦΑΛΑΙΟ 13

"Λοιπόν, για να καταλάβω", είπε η Γκρέις, αφού είχαμε φάει από δύο τάκος και ένα παγωμένο τσάι. "Ο μπαμπάς σου μπορεί να είναι οπουδήποτε, ακόμα και στη φυλακή, ή πιθανώς νεκρός, αλλά όπου κι αν είναι, σίγουρα *δεν ψάχνει εσένα, γιατί δεν ξέρει ότι υπάρχεις εσύ;*"

"Ακριβώς - μόνο που ξέχασες το κομμάτι με τις πολιτικές ίντριγκες, την τραγική ερωτική ιστορία και το βασανιστικό ερώτημα αν είμαι ηθικά υποχρεωμένη να μάθω ισπανικά τώρα. Ένας Θεός ξέρει πόσο έχω προσπαθήσει, αλλά η υποτακτική με τρελαίνει. Και οι συζυγίες των ρημάτων, Θεέ μου! Υπάρχει ένα επίσημο "εσύ", ένα ανεπίσημο "εσύ", ένας πληθυντικός επίσημος "εσύ" και ένας πληθυντικός ανεπίσημος "εσύ" -όπως λέμε "παιδιά" - αλλά *μόνο αν τυχαίνει να βρίσκεσαι στην Ισπανία.* Είναι πολύ περίπλοκο. Δεν νομίζεις ότι τα "Spanglish" θα έπρεπε να είναι αρκετά καλά; Θέλω να πω, είμαι μόνο κατά το ήμισυ Κουβανός, ξέρεις".

Η Γκρέις γέλασε και κούνησε το κεφάλι της. "Τα χάνεις, κορίτσι μου! Σοβαρά όμως, πιστεύεις ότι είναι καλή ιδέα να τον ψάξουμε; Είναι τόσο απίθανο και ακόμα κι αν τον βρεις, τι θα γίνει μετά; Φαντάζεσαι μια μεγάλη οικογενειακή επανένωση;"

Ήξερα ότι προσπαθούσε να με προστατεύσει. Η αλήθεια ήταν ότι μόλις είχα αρχίσει να ξεπερνάω το θάνατο της μητέρας μου και το τελευταίο πράγμα που χρειαζόμουν ήταν περισσότερη στενοχώρια.

Αναστέναξα. "Υπόσχομαι να μην παρασυρθώ. Και όχι οικογενειακές συγκεντρώσεις με ασορτί μπλουζάκια ή κάτι τέτοιο. Απλώς θα ήθελα να μάθω τι είδους άνθρωπος είναι ο πατέρας μου ή τουλάχιστον τι του συνέβη. Ξέρω ότι οι πιθανότητες να τον βρούμε δεν είναι καλές. Είναι σαν ένα παιχνίδι "Πού είναι ο Γουάλντο" που έχει το μέγεθος μιας μικρής χώρας. Έχω περισσότερες πιθανότητες να κερδίσω το λαχείο".

"Λοιπόν, ελπίζω να αγόρασες εισιτήριο, γιατί είναι μέχρι 60 εκατομμύρια δολάρια". Η Γκρέις χαμογέλασε.

"Και βέβαια το έκανα! Και όταν κερδίσω, φίλε μου, το δείπνο κερνάω εγώ. *Στο Παρίσι.*"

"Πρέπει να κλείσετε το Learjet τώρα", είπε, "για να είστε σίγουροι".

Καθώς μιλούσαμε, η Γκρέις έβγαλε από την τσάντα της το ακριβό, υπερσύγχρονο tablet της, το τοποθέτησε στο μπαρ και άρχισε να πληκτρολογεί σαν γυναίκα σε αποστολή.

"Τι κάνεις;" Ρώτησα, κοιτάζοντας πάνω από τον ώμο της. "Μη μου πεις ότι δουλεύεις αυτή τη στιγμή, στη μέση της Latin Night στο Tekila's; Δεν απορώ που χρειάζεσαι τόσα πολλά Rolaids, είσαι μανιακός".

Η Γκρέις γούρλωσε τα μάτια της. "Φυσικά και δεν δουλεύω, ανόητη. Ψάχνω τον Γουάλντο. Πρέπει να σε προειδοποιήσω όμως, τα ισπανικά μου είναι χειρότερα από τα δικά σου, οπότε, αν κολλήσουμε σε μια λέξη, θα πρέπει να χρησιμοποιήσουμε τον μεταφραστή του Google. Γιατί δεν μου λες τι έχεις κάνει μέχρι στιγμής;".

~

Από τότε που γνωριστήκαμε στο δεύτερο έτος της Νομικής της Nova, μπορούσα πάντα να βασίζομαι στη Γκρέις. Πιο έξυπνη από τους περισσότερους και αστεία από την κόλαση, ήταν σαν ένας λαμπρός κομήτης που φώτιζε τη μακρά, μαύρη νύχτα που ήταν η νομική σχολή. Εντάξει, υπερβάλλω λίγο, αλλά, πιστέψτε με, η νομική σχολή ήταν κάθε άλλο παρά διασκεδαστική.

Με τα μαύρα γυαλιά της και τα μοντέρνα ρούχα της, η Γκρέις έμοιαζε ήδη με δικηγόρο, ακόμη και τότε, αλλά κάτω από όλα αυτά, ήταν τόσο ανόητη. Ορκίζομαι, κανείς δεν μπορεί να με κάνει να γελάσω όπως η Γκρέις, ειδικά όταν κάνει αστείες φωνές. Μπορεί να μιμηθεί σχεδόν οποιονδήποτε. Δεν θα ξεχάσω ποτέ τη νύχτα που η Γκρέις τηλεφώνησε στη φίλη μας τη Σούζι και προσποιήθηκε ότι ήταν η δύστροπος καθηγήτρια μας στα Ερωτικά, η Μαίρηλεν Μπρέναν. Η Γκρέις έκανε τη Σούζι να τρέμει στα παπούτσια της για ένα τέταρτο, ενώ εγώ καθόμουν δίπλα της και ξεκαρδίζομαι. Μόνο όταν η Γκρέις είπε στη Σούζι ότι θα έπρεπε να φτιάξει μια μηλόπιτα για έξτρα πίστωση, κατάλαβε επιτέλους.

Η Γκρέις είχε και ένα άλλο ταλέντο, ένα ταλέντο που όλοι οι δικηγόροι επιθυμούν, αυτό που μου αρέσει να αποκαλώ "φωνή της λογικής". Η φωνή της λογικής είναι μια φωνή ήρεμη, διαμορφωμένη και καταπραϋντική σαν το μέλι στον πονεμένο λαιμό. Εξαιτίας αυτού, η Γκρέις ακούγεται πάντα σαν να έχει δίκιο.

Στη νομική σχολή, σας διδάσκουν ότι αν ο νόμος δεν είναι με το μέρος σας, θα πρέπει να επιχειρηματολογήσετε με τα γεγονότα, και αν τα γεγονότα δεν είναι με το μέρος σας, θα πρέπει να επιχειρηματολογήσετε με το νόμο, αλλά δεν σας διδάσκουν τίποτα για την παράδοση, η οποία μπορεί να κάνει όλη τη διαφορά. Βέβαια, αν δουλέψετε σκληρά, μπορείτε να μάθετε τους μηχανισμούς για να είστε αποτελεσματικός ομιλητής: συχνή οπτική επαφή, ισχυρή στάση του σώματος, έλεγχος του ρυθμού σας και χρήση της κατάλληλης γλώσσας του σώματος -όπως το να μην κουνιέστε και να μην αποσπάτε την προσοχή των άλλων από αυτό που λέτε- αλλά ποτέ δεν θα αποκτήσετε τη φωνή της λογικής, μια φωνή τόσο συναρπαστική που ακόμη και αν σας απαγγείλει τον τηλεφωνικό κατάλογο, θα πρέπει να την ακούσετε. Σκεφτείτε το και θα καταλάβετε γιατί ο Τζέιμς Ερλ Τζόουνς ήταν το καλύτερο πρόσωπο για να γίνει η φωνή του Νταρθ Βέιντερ. Έχοντας τη "φωνή της λογικής" είναι ο λόγος που η Γκρέις ακούγεται σαν να έχει όλες τις απαντήσεις, ακόμα και όταν δεν τις έχει.

~

Είπα στην Γκρέις όλα όσα είχα κάνει, τα οποία δεν ήταν πολλά, για να είμαι ειλικρινής, αλλά αν σκεφτεί κανείς ότι έπρεπε να αντιμετωπίσω την κρίση της Μπέκα, ήταν και πάλι κάτι. Μετά τη ρώτησα από πού πιστεύει ότι πρέπει να ξεκινήσουμε.

"Τι θα λέγατε να ψάξουμε στο Google "πώς να βρούμε έναν χαμένο συγγενή στην Κούβα";"

"Λοιπόν, γιατί δεν το σκέφτηκα αυτό;"

"Είσαι πολύ κοντά στο πρόβλημα", είπε ευγενικά η Γκρέις.

"Τότε είμαι τυχερή που έχω εσένα", είπα. Και το εννοούσα.

ΚΕΦΆΛΑΙΟ 14

Περάσαμε την επόμενη ώρα καθισμένοι στο μπαρ του Tekila's, κάνοντας καταιγισμό ιδεών. Ένιωσα άσχημα που έκανα τόση ώρα να κάθομαι, αλλά ο κόσμος είχε αραιώσει και η Τζαν είπε ότι δεν την πείραζε. Ακόμα ένας λόγος που είναι η αγαπημένη μας μπάρμαν.

Η ιδέα της Γκρέις να ψάξει στο google πώς να βρει έναν χαμένο συγγενή στην Κούβα έφερε δεκάδες στοιχεία, κυρίως γενεαλογικούς ιστότοπους όπως το geneaology.com, το FamilySearch, το MyHeritage και το Cubagenweb.org, που ήταν ένας οδηγός για τη γενεαλογική έρευνα για τους Κουβανούς. Αν και αυτές οι πληροφορίες θα μπορούσαν να αποδειχθούν χρήσιμες τελικά, εγώ δεν βρισκόμουν ακόμη σε αυτό το στάδιο, αφού δεν ήξερα τίποτα για τον πατέρα μου ή τους συγγενείς του (και τους δικούς μου) στην Κούβα, για να μην αναφέρω ότι είχε ένα αρκετά κοινό επώνυμο και δεν γνώριζα τον τόπο γέννησής του. Το μόνο πράγμα που ήξερα σίγουρα ήταν η ηλικία του. Στο γράμμα της, η μητέρα μου είχε αναφέρει ότι είχαν γνωριστεί όταν ήταν και οι δύο είκοσι ετών. Εφόσον εκείνη θα γινόταν πενήντα πέντε φέτος, και εκείνος θα ήταν επίσης πενήντα πέντε.

Στο κυνήγι του θησαυρού μας στο Διαδίκτυο, ανακαλύψαμε επίσης το "Cuba Google" και το "Cuba blogs", τα οποία φαίνονταν πολλά υποσχόμενα, αλλά δεδομένου ότι κανένας από εμάς δεν μιλούσε ισπανικά, αποφασίσαμε να τα αφήσουμε για το τέλος, ίσως βρούμε κάποιον να μας μεταφράσει. Στην Γκρέις άρεσε η ιδέα του ιστολογίου. Ήταν πεπεισμένη ότι οποιοσδήποτε τόσο πολιτικά ενεργός όσο ο πατέρας μου θα είχε αφήσει αποτύπωμα στο Διαδίκτυο, συγκεκριμένα ένα ιστολόγιο, αλλά εγώ δεν ήμουν τόσο σίγουρη. Ίσως η σύλληψη και η απέλαση και η απώλεια της γυναίκας που αγαπούσε τον είχαν αφήσει να νιώθει ηττημένος. Και, αν αποδεικνυόταν ότι ήταν στη φυλακή, σίγουρα δεν θα μπορούσε να διατηρεί ένα ιστολόγιο από το κελί του.

Στο τέλος της βραδιάς, φάνηκε ότι ένα από τα καλύτερα στοιχεία μας ήταν το Εθνικό Ίδρυμα Κουβανοαμερικανών στο Μαϊάμι, το οποίο παρείχε πληροφορίες στους ανθρώπους για τους συγγενείς τους στην Κούβα ή παρείχε επαφές για να τους βοηθήσει να βρουν αυτές τις πληροφορίες. Το άλλο πολλά υποσχόμενο στοιχείο ήταν το προξενείο της Κούβας στην Ουάσινγκτον. Η Γκρέις είχε έναν φίλο που εργαζόταν στο υπουργείο Εξωτερικών στην Ουάσινγκτον, τον οποίο σκόπευε να καλέσει και να ζητήσει συμβουλές. Είπα ότι θα επικοινωνούσα με το Εθνικό Ίδρυμα Κουβανικής Αμερικής, καθώς και με τις άλλες ομάδες του Μαϊάμι που είχα βρει κάνοντας τη δική μου έρευνα.

"Είναι μια καλή αρχή", είπε η Γκρέις, καθώς έβαλε το tablet της πίσω στην τσάντα της. "Πιστεύεις ότι πρέπει να ζητήσουμε βοήθεια από τον Ντιούκ; Προσφέρθηκε".

"Θα το ήθελα, αλλά δεν μπορώ να σκεφτώ κάτι που να μπορεί να κάνει αυτή τη στιγμή. Θα πρέπει να περιμένουμε μέχρι να τον χρειαστούμε πραγματικά, ξέρεις, για τα μυστικά και τα μαχαίρια".

"Μανδύας και στιλέτο... άκου τι λες! Σου είπα ότι βλέποντας τόση τηλεόραση θα σου καεί ο εγκέφαλος, Τζέιμι, και τώρα συνέβη. Τι κρίμα."

"Μην ζηλεύεις, Γκρέις. Μια μέρα, θα έχεις το χρόνο να απολαμβάνεις τον "ποιοτικό χρόνο στον καναπέ" όπως εγώ, με ένα τηλεχειριστήριο στο ένα χέρι και έναν παγωμένο λάτε στο άλλο. Το βλέπω τώρα - θα χορεύεις στους διαδρόμους με την Ellen DeGeneres, θα μαθαίνεις "τι δεν πρέπει να φοράς" και θα γίνεσαι γκουρμέ σεφ, και όλα αυτά χωρίς να σηκώνεσαι από τον καναπέ. Τι ζωή!"

"Ευχαριστώ, αλλά προτιμώ να πίνω μια Μαργαρίτα με τη φίλη μου και να βλέπω ανθρώπους να χορεύουν σάλσα *στον πραγματικό κόσμο*", είπε η Γκρέις.

"Ή, μπορείς να έρθεις από εδώ- θα φτιάξουμε Μαργαρίτες και θα δούμε το

'Dancing with the Stars' στον καναπέ μου. Είναι πολύ άνετος".

"Είσαι τρελός, το ξέρεις αυτό;" Χαμογέλασε. "Νομίζω ότι θα το κλείσω για σήμερα το βράδυ, ώστε να πας να δεις τις σειρές σου. "

Γέλασα καθώς έπεσα σε ένα από τα παλιά μας ανέκδοτα, δανεισμένο από τον σπουδαίο Τζορτζ Μπερνς. "Πες καληνύχτα, Γκρέισι".

"Καληνύχτα, Γκρέισι", είπε και μετά χασμουρήθηκε, κάτι που δεν ήταν μέρος της ρουτίνας, αλλά ήταν μια ωραία πινελιά.

ΚΕΦΆΛΑΙΟ 15

Πέρασα το Σαββατοκύριακο κάνοντας τα βαρετά πράγματα του Σαββατοκύριακου - πλυντήριο, ψώνια, πληρωμή λογαριασμών, καθάρισμα του σπιτιού και, φυσικά, παρακολούθηση των σειρών μου. Πάντα μου αρέσει να ξεκινάω την εβδομάδα μου με γεμάτο ρεζερβουάρ, γεμάτο ψυγείο και χρήματα στο πορτοφόλι μου- διαφορετικά, νιώθω ότι έχω μείνει πίσω πριν καν ξεκινήσω. Το να έχω καθαρά ρούχα για να φορέσω είναι επίσης ψηλά στη λίστα. Είναι παράξενο, αλλά δυσκολεύομαι να συνηθίσω να δουλεύω κάθε μέρα, αν και το έκανα για δέκα χρόνια πριν πεθάνει η μητέρα μου. Φαίνεται ότι μόλις σταματήσεις να χτυπάς ένα ρολόι, ξεχνάς αμέσως πώς να το κάνεις- και μετά, δεν θυμάσαι καν πώς μοιάζει το ρολόι.

Δεδομένου ότι είμαι αρκετά εμμονική, μπορεί να νομίζετε ότι έδειξα αξιοσημείωτη αυτοσυγκράτηση με το να μην περάσω το Σαββατοκύριακο στο διαδίκτυο αναζητώντας τον πατέρα μου, αλλά η αλήθεια είναι ότι το μυαλό μου ήταν υπερφορτωμένο. Αν δεν είχα λίγο χρόνο για να απορροφήσω όλες αυτές τις νέες πληροφορίες, το κεφάλι μου θα εκρήγνυτο. Εκτός από εμμονική, είμαι και υπερβολική, κάτι που ακούγεται σαν ασθένεια, αλλά δεν είναι.

Ήμουν ευτυχής που δεν είχα προγραμματίσει να δειπνήσω την Κυριακή με τη θεία Πεγκ και τον Αδάμ. Δεν είχα όρεξη να μιλήσω για τη μαμά μου, τον μπαμπά μου, τα οικογενειακά μυστικά ή οτιδήποτε άλλο που ενέπιπτε σε αυτούς τους τίτλους. Αντ' αυτού, κάλεσα τους γείτονές μου, τη Σάντι και τον Μάικ, για ένα ινδικό φαγητό και ένα ποτήρι κρασί. Ήταν διασκεδαστικό και χαλαρωτικό και ό,τι ακριβώς όρισε ο γιατρός - αν μπορούσες να πείσεις έναν γιατρό να σου γράψει συνταγή για κάρυ, Pinot Grigio και μια βραδιά με παρέα ωραίων ανθρώπων.

Τη Δευτέρα το πρωί, ήμουν ανανεωμένη και έτοιμη να αντιμετωπίσω τον κόσμο, ή τουλάχιστον έτοιμη να αντιμετωπίσω το in-box μου. Είχα τόσο καλή διάθεση, που θα μπορούσα να αντιμετωπίσω ακόμα και το κλάμα της Λίζα, αλλά ήλπιζα ότι δεν θα χρειαζόταν. Για προληπτικούς λόγους και για να διαδώσω την καλή διάθεση, σταμάτησα στο Einstein's καθώς πήγαινα στη δουλειά για να πάρω μια ντουζίνα κουλούρια για το γραφείο, μεταξύ των οποίων και κουλούρια με κανέλα και σταφίδα, το αγαπημένο της Λίζα.

Αφού τακτοποιήθηκα στο γραφείο μου με

ένα δεύτερο φλιτζάνι καφέ, έστειλα ένα e-mail στη Μπέκα για να ρωτήσω για τις λεπτομέρειες της κηδείας του Τζο, καθώς ένιωθα υποχρεωμένη να υποβάλω τα σέβη μου. Μου πέρασε από το μυαλό ότι οι γονείς του Τζο θα μπορούσαν να είναι αυτοί που θα έκαναν τις διευθετήσεις, λαμβάνοντας υπόψη τις πικρές διαδικασίες διαζυγίου, αλλά η Μπέκα θα είχε και πάλι τις πληροφορίες.

Δούλεψα ασταμάτητα μέχρι το μεσημέρι και κατάφερα να φτιάξω αρκετή γραφειοκρατία, αν μπορώ να το πω έτσι. Μακάρι να ήμουν σταθερός εργαζόμενος, αλλά, δυστυχώς, έχω μόνο δύο ταχύτητες: πλήρη ταχύτητα μπροστά και αδιέξοδο. Ευτυχώς, ήταν μια μέρα με πλήρη ταχύτητα. Σκεφτόμουν αν θα πάρω ένα υποβρύχιο ή μια σαλάτα από το delivery απέναντι, όταν χτύπησε το κινητό μου. Συνήθως δεν το σηκώνω την ώρα του μεσημεριανού γεύματος, για να θέτω όρια στους πελάτες μου. Επειδή έχουν τον αριθμό του κινητού μου (που είναι περισσότερο για τη δική μου διευκόλυνση παρά για τη δική τους), δεν σημαίνει ότι είμαι σε ετοιμότητα γι' αυτούς 24 ώρες το 24ωρο. Αλλά είδα ότι ήταν η Becca, οπότε αποφάσισα να το σηκώσω.

"Μπέκα, σε σκεφτόμουν. Πώς τα πας, γλυκιά μου;"

"Δεν είμαι, Τζέιμι, καθόλου". Η φωνή της ακουγόταν τραχιά, σαν να έκλαιγε όλο το Σαββατοκύριακο.

"Μπορώ μόνο να φανταστώ. Πρέπει να

είστε συγκλονισμένοι, πώς μπορώ να βοηθήσω;"

"Τηλεφωνώ γιατί δεν ξέρω τι να κάνω", παραπονέθηκε. "Τηλεφώνησε η εισαγγελία και μου ζήτησε να έρθω για ανάκριση. Γιατί να το κάνουν αυτό; Τι θέλουν από μένα; Γιατί συμβαίνει αυτό; Δεν το αντέχω άλλο!"

Μπορούσα να ακούσω την υστερία της να κλιμακώνεται και ήξερα ότι έπρεπε να την πείσω να κατέβει από το περβάζι, μεταφορικά μιλώντας. Τουλάχιστον ήλπιζα ότι ήταν μεταφορικά. Ποτέ δεν ξέρεις τα όρια ενός ανθρώπου- και μερικές φορές, δεν ξέρεις καν τα δικά σου.

"Δεν πειράζει, Μπέκα. Μάλλον πρόκειται για κάτι συνηθισμένο. 'κου, ξέρω κάποιον στο γραφείο του εισαγγελέα, τι θα έλεγες να του τηλεφωνήσω για σένα και να δω τι μπορώ να μάθω;"

Έκανε μια παύση και στη συνέχεια με μια φωνή τόσο μικρή όσο ενός μικρού κοριτσιού, είπε: "Ναι, παρακαλώ... και θα μου τηλεφωνήσετε;"

"Το υπόσχομαι. Αλλά μην κάθεσai δίπλα στο τηλέφωνο περιμένοντας, γιατί μερικές φορές αργεί να απαντήσει στο τηλεφώνημα. Γιατί δεν πας να φτιάξεις λίγο τσάι ή να ξαπλώσεις και να χαλαρώσεις για λίγο; Εντάξει;"

"Θα προσπαθήσω", είπε, όχι πολύ πειστικά.

Αφού κλείσαμε το τηλέφωνο, κάλεσα την απευθείας γραμμή του Νικ Δημητρόπουλου, εισαγγελέα, ανερχόμενο αστέρι, γιο γερουσιαστή και αρχιεχθρό μου. Αν αναζητήσετε τη λέξη "αρχηγός" στο λεξικό, θα διαπιστώσετε ότι αναφέρεται σε ένα άτομο με ένα διασκεδαστικό αίσθημα ότι είναι ανώτερο ή ότι ξέρει περισσότερα από τους άλλους ανθρώπους. Δίπλα σε αυτόν τον ορισμό, θα δείτε μια εικόνα του Nick D. Ω, περιμένετε, αυτό είναι μόνο στο λεξικό μου.

Τα αισθήματά μου για τον Νικ είναι ειλικρινή. Είναι αυτός που κυνήγησε τον ανάπηρο ξάδερφό μου, τον Άνταμ, ένα χρόνο νωρίτερα και προσπάθησε να του φορτώσει μια δολοφονία χρησιμοποιώντας μόνο έμμεσες αποδείξεις και ένα φορτίο πολιτικής φιλοδοξίας. Τελικά φτάσαμε σε ανακωχή αφού τον έπεισα να επικεντρωθεί στον πραγματικό δολοφόνο. Κατέληξε να μοιάζει με ήρωα, με τη φωτογραφία του στην εφημερίδα και όλες τις επαίνους που το συνόδευαν, οπότε μου χρωστούσε και το ήξερε. Οι πολιτικοί πάντα κρατούν λογαριασμό για τις χάρες, ακόμα και οι επίδοξοι πολιτικοί. Ειδικά οι επίδοξοι πολιτικοί.

"Νίκος Δημητρόπουλος."

Ακούγοντας τη φωνή του, τον φαντάστηκα στο γραφείο του με το σμιλεμένο σαγόνι του και τα τέλεια περιποιημένα νύχια του. Θα φορούσε τα τελευταία νέα από τον Αρμάνι, γυαλιστερά παπούτσια με φτερά (με ή χωρίς φούντες) και ούτε μια τρίχα στη θέση της. Το γραφείο του θα ήταν τακτοποιημένο και εξοπλισμένο με την καλύτερη τεχνολογία που μπορούν να αγοράσουν τα χρήματα.

"Τζέιμι Κουίν εδώ, πώς πάει, Νικ;"

"Γεια σου Κουίν, δεν περίμενα να σε ακούσω τόσο σύντομα".

Γέλασα. "Τόσο σύντομα; Έχει περάσει ένας χρόνος από τότε που σε βοήθησα να βάλεις τη φωτογραφία σου στην εφημερίδα".

"Προς ενημέρωσή σου, Κουίν, η φωτογραφία μου είναι συνέχεια στις εφημερίδες. Και για όλους τους σωστούς λόγους".

"Δεν αμφιβάλλω ούτε λεπτό γι' αυτό, Νικ..." Δίστασα, χωρίς να ξέρω ακριβώς πώς να συνεχίσω.

"Λοιπόν, Κουίν, τι μπορώ να κάνω για σένα; Ψάχνεις για συστάσεις;"

Ξέσπασα στα γέλια. "Αστειεύεσαι, έτσι;"

"Φυσικά και αστειεύομαι. Τι συμβαίνει;"

"Λοιπόν, έχω έναν πελάτη..."

"Ένας άλλος ξάδερφός σου;"

"Αστείο, Νικ. Και όχι, όχι ξάδελφος. Μια πελάτισσά μου δέχτηκε ένα τηλεφώνημα από το γραφείο σου σήμερα το πρωί και της ζήτησαν να έρθει. Θα ήθελα να μάθω γιατί".

"Πώς τη λένε;"

"Μπέκα Σόλομον."

"Γνωρίζω αυτή την υπόθεση".

"Είναι μια υπόθεση; Γιατί είναι υπόθεση; Ο σύζυγός της βρέθηκε νεκρός την περασμένη Παρασκευή, αλλά δεν ήξερε τίποτα γι' αυτό. Τον περίμενε να πάρει τα παιδιά".

Υπήρξε μια παύση καθώς ο Νικ φαινόταν να σκέφτεται ποιες πληροφορίες ήταν διατεθειμένος να μοιραστεί.

"Κουίν, δεν θα έπρεπε να σου το πω αυτό,

αλλά ο Τζο Σόλομον πέθανε από συνδυασμό αλκοόλ και υπνωτικών χαπιών".

"Δεν καταλαβαίνω. Γιατί να μην μου πεις εσύ;"

"Επειδή ήταν τα υπνωτικά χάπια του πελάτη σας".

ΚΕΦΆΛΑΙΟ 16

"Πρέπει να υπάρχει μια εξήγηση...", ξεστόμισα.

"Πάντα υπάρχει μια εξήγηση", είπε ο Νικ. "Αλλά μπορεί να μην είναι αυτή που θέλεις να ακούσεις".

"Θα έχω ανοιχτό μυαλό, ευχαριστώ, και θα σας συμβούλευα να κάνετε το ίδιο. Θυμάσαι την τελευταία φορά που πήγες για τα φρούτα που κρέμονται χαμηλά; *Είχες τον λάθος άνθρωπο. Έχουν κατατεθεί αγωγές για λιγότερα*, Νικ. Απλά το λέω".

"Δεν ανησυχώ, Κουίν".

Ήταν δύσκολο να τον ταρακουνήσεις, αυτό του το αναγνωρίζω.

"Υποθέτω ότι ο πελάτης σας θα μας τηλεφωνήσει για να κανονίσει ένα ραντεβού;" ρώτησε με τη συνήθη αυταρέσκειά του. "Ή μήπως θέλετε να το κανονίσετε τώρα;"

"Θα σε ξαναπάρω", είπα, προσπαθώντας να κερδίσω λίγο χρόνο.

Έμεινα έκπληκτος που βρέθηκα, για άλλη μια φορά, μπλεγμένος σε μια ποινική υπόθεση. Πώς μου συμβαίνει συνέχεια αυτό; Η επαγγελματική μου κάρτα γράφει "Δικηγόρος Οικογενειακού Δικαίου", ξεκάθαρα. Και η καημένη η Μπέκα! Πριν της τηλεφωνήσω και την σπρώξω κατευθείαν από το περβάζι στο οποίο ακροβατούσε, έπρεπε να πάρω μια συμβουλή ώστε να την καθοδηγήσω προς τη σωστή κατεύθυνση. Φαινόταν τόσο αβοήθητη, τόσο συντετριμμένη. Ήξερα ακριβώς ποιον να καλέσω: Τη Σούζαν Ντόιλ, την εξαιρετική δημόσια συνήγορο. Η Σούζαν ήταν ανεκτίμητη όταν ο ξάδερφός μου, ο Άνταμ, είχε κατηγορηθεί για φόνο- χωρίς αυτήν, δεν ξέρω τι θα είχε συμβεί στον Άνταμ. Τίποτα καλό, αυτό είναι σίγουρο.

Όταν τηλεφώνησα στο γραφείο του δημόσιου κατήγορου και ζήτησα τη Susan Doyle, μου είπαν ότι δεν εργαζόταν πλέον εκεί, ότι είχε πάει σε ιδιωτική πρακτική. Δεν ξέρω γιατί εξεπλάγην. Η ζωή μου είχε αλλάξει τον τελευταίο χρόνο- ήταν ανόητο εκ μέρους μου να νομίζω ότι οι άλλοι άνθρωποι παρέμεναν ακίνητοι. Η ρεσεψιονίστ ήταν αρκετά ευγενική ώστε να μου δώσει τον αριθμό της Σούζαν. Προς ανακούφισή μου, δεν είχε μετακομίσει- το ιατρείο της βρισκόταν στο κέντρο του Χόλιγουντ, τρία τετράγωνα από το δικαστήριο.

Άφησα ένα μήνυμα για τη Susan και μου τηλεφώνησε αμέσως. Αφού κουβεντιάσαμε λίγο και ρώτησε για τον Άνταμ, άρχισα να λέω τον λόγο για τον οποίο τηλεφώνησα.

"Σούζαν, έχω μια κατάσταση, όπως και η πελάτισσά μου, και ήλπιζα ότι θα μπορούσες να με βοηθήσεις και ενδεχομένως να την εκπροσωπήσεις, αν χρειαστεί. Αυτή η γυναίκα μπορεί να αντέξει οικονομικά έναν ιδιωτικό δικηγόρο και θα τη συμβούλευα να σε προσλάβει".

"Φυσικά, Τζέιμι, ό,τι μπορώ να κάνω. Τι συμβαίνει;"

Της μίλησα για τη συνομιλία μου με τον "Slick Nick" (όπως άρεσε στη Susan να τον αποκαλεί) και για τη δικαστική διαμάχη για το διαζύγιο της Becca και του Joe, με όλη την κακία της.

"Αυτή είναι μια ωραία ιστορία", είπε η Σούζαν. "Γνωρίζεις την Μπέκα αρκετό καιρό, ποια είναι η γνώμη σου γι' αυτήν; Πιστεύεις ότι είχε κάποια σχέση με τον θάνατό του;"

Σκέφτηκα για ένα λεπτό. "Δεν νομίζω ότι είναι ικανή γι' αυτό. Έχει πραγματικά καταρρεύσει και φάνηκε να σοκάρεται όσο και οι υπόλοιποι όταν ο Τζο εμφανίστηκε νεκρός. Στην πραγματικότητα τον περίμενε να πάρει τα παιδιά όταν το έμαθε".

Τότε η Σούζαν έκανε μια ερώτηση που με αιφνιδίασε. "Απείλησε ποτέ τη ζωή του;"

Αγκομαχούσα καθώς θυμόμουν την τελευταία μας ακρόαση στο δικαστήριο. "Φοβάμαι ότι το έκανε. Του είπε ότι αν προσπαθούσε να της πάρει τα παιδιά, θα τον σκότωνε!".

Η Σούζαν δεν επηρεάστηκε. Ήταν δημόσιος συνήγορος για πολύ καιρό και είχε ακούσει πολύ χειρότερα, ήμουν σίγουρος γι' αυτό.

"Την άκουσε κανείς άλλος να τον απειλεί;"

"Ναι, τώρα που το σκέφτομαι. Ο δικαστικός

επιμελητής του δικαστή Μάρκους, ο Χάρολντ, ήταν εκεί και είπε ότι θα καλούσε την ασφάλεια αν δεν ηρεμούσαν".

"Λοιπόν, αυτό δεν πρόκειται να βοηθήσει", είπε η Σούζαν, "αλλά τουλάχιστον ξέρουμε ότι είναι εκεί έξω. Η πληροφορία είναι δύναμη, λέω πάντα. Αναφέρατε ότι ο Τζο μετακόμισε από το συζυγικό σπίτι πριν από ένα μήνα, είχε η Μπέκα κλειδί για την κατοικία του;"

Ήξερα γιατί ρωτούσε. Αν η Μπέκα είχε κίνητρο να σκοτώσει τον Τζο, και ο Νικ σίγουρα θα πίστευε ότι είχε, είχε και την ευκαιρία;".

"Όχι, η Μπέκα σίγουρα δεν είχε πρόσβαση στο σπίτι του. Δεν θα έδιναν ο ένας στον άλλον την ώρα της ημέρας, πόσο μάλλον να ανταλλάξουν κλειδιά. Η Μπέκα είχε αλλάξει ακόμη και τις κλειδαριές στο συζυγικό σπίτι, ώστε ο Τζο να μην μπορεί να μπει μέσα".

Το στομάχι μου γουργούριζε, θυμίζοντάς μου ότι ποτέ δεν πρόλαβα να παραγγείλω μεσημεριανό γεύμα. Συνήθως δεν είμαι άνθρωπος που ξεχνάει να φάει, σας διαβεβαιώνω.

Η Σούζαν έκανε μια παύση και μετά ρώτησε: "Αυτοκτονία; Ατύχημα;"

"Όχι στην αυτοκτονία. Το ατύχημα είναι μια πιθανότητα". Έψαχνα στα συρτάρια του γραφείου μου για κράκερς ή οτιδήποτε άλλο να φάω. Το μόνο που βρήκα ήταν μερικά χαλαρά Τσίχλες. Τα έβαλα στο στόμα μου.

"Μια ακόμη ερώτηση, έχει κανείς από τους δύο εραστή; Αυτό τείνει να αλλάξει τη δυναμική".

Παραλίγο να καταπιώ τα τσικλέτ μου. Είχα ξεχάσει τον φίλο της Μπέκα!

"Ναι! Η Μπέκα έχει φίλο- ήταν φίλος του Τζο, αλλά όχι πια, φυσικά. Το όνομά του είναι Τσάρλι Σαντόρο. Τον συνάντησα μερικές φορές και μου φάνηκε ήρεμος τύπος. Δεν έριχνε λάδι στη φωτιά, αν αυτό ρωτάς".

Η Σούζαν δεν έβγαλε καθόλου ατάκες. "Πιστεύεις ότι θα μπορούσε να είναι ύποπτος;

Το σκέφτηκα. "Δεν έχω ιδέα. Υποθέτω ότι όλα είναι πιθανά. Με έχουν ξεγελάσει άνθρωποι στο παρελθόν. Το μάντρα του δικηγόρου οικογενειακού δικαίου είναι 'όλοι λένε ψέματα'".

Η Σούζαν γέλασε. "Μην ξεχνάς ότι μιλάς σε δικηγόρο ποινικών υποθέσεων. Οι πελάτες μας λένε τόσα πολλά ψέματα, που δεν θα καταλάβαιναν την αλήθεια ούτε αν τους δάγκωνε στον κώλο".

Γέλασα μαζί της.

"Εντάξει", είπε η Σούζαν, με τον αυστηρό της τρόπο, "άκου τι θα κάνεις. Κανόνισε τη συνάντηση με το γραφείο του εισαγγελέα και πήγαινε εκεί με τη Μπέκα. Μην την αφήσεις να απαντήσει σε καμία ερώτηση εκτός από το όνομα και τη διεύθυνσή της. Μετά από αυτό, επικαλέσου την πέμπτη θέση με την αιτιολογία ότι μπορεί να ενοχοποιήσει τον εαυτό της. Θα βάλουμε τον εισαγγελέα να κάνει τη δουλειά. Αν απαγγελθούν κατηγορίες, τότε θα συναντηθώ με τη Μπέκα και θα μπορεί να με προσλάβει επίσημα".

"Τι άλλο μπορώ να κάνω για να βοηθήσω;"

"Έχεις ακόμα τον αριθμό εκείνου του

παράξενου ιδιωτικού ντετέκτιβ; Νομίζω ότι χρειαζόμαστε τις υπηρεσίες του. Πώς τον έλεγαν;"

"Ντιούκ Μπρουσάρντ. Ναι, είναι παράξενος."

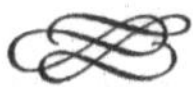

ΚΕΦΑΛΑΙΟ 17

Πριν ολοκληρώσουμε τη συζήτησή μας, η Susan εξήγησε τι χρειαζόταν από τον Ντιούκ. Δεδομένου ότι το βάρος της απόδειξης σε μια ποινική υπόθεση είναι "πέρα από κάθε λογική αμφιβολία", ο ρόλος του Ντιούκ θα ήταν να δημιουργήσει αυτή την αμφιβολία, να ξεθάψει στοιχεία που θα οδηγούσαν *μακριά από* την Becca, σε περίπτωση που κατηγορούνταν για κάποιο έγκλημα. Η Σούζαν συνέστησε στην Μπέκα να προσλάβει αμέσως τον Ντιούκ, διότι όσο πιο γρήγορα μπορούσε να καθαρίσει το όνομά της, τόσο το καλύτερο.

Φοβόμουν να κάνω αυτό το τηλεφώνημα στη Μπέκα. Μην με παρεξηγήσετε, ως δικηγόρος οικογενειακού δικαίου, έχω μεταφέρει πολλά άσχημα νέα σε πελάτες στο παρελθόν, αλλά ποτέ δεν είναι εύκολο. Και πώς ακριβώς λες σε κάποιον ότι είναι ύποπτος για φόνο; Υπάρχει μάθημα γι' αυτό; Μια ιστοσελίδα; Η μόνη παρηγοριά ήταν ότι η Μπέκα θα το άκουγε από εμένα και όχι από τον Νικ.

Περιπλανήθηκα στη μικρή κουζίνα του γραφείου μας σε αναζήτηση φαγητού. Η πείνα μου είχε αρχίσει να παραγκωνίζει όλες τις άλλες σκέψεις- επίσης, με είχε πιάσει πονοκέφαλος. Προς έκπληξή μου, το κουτί του Αϊνστάιν που είχα φέρει εκείνο το πρωί είχε ακόμα τρία κουλούρια μέσα. Υπήρχε και μισή συσκευασία με τυρί κρέμα. Ευτυχισμένη μέρα! Δεν μπήκα στον κόπο να ψάξω για μαχαίρι- απλά έσκισα ένα κουλούρι στη μέση και το χρησιμοποίησα για να μαζέψω το τυρί κρέμα και να το βάλω στο στόμα μου. Είμαι σίγουρη ότι έμοιαζα με άγριο θηρίο που ξεσκίζει μια αντιλόπη, αλλά δεν με ένοιαζε. Ήμουν *τόσο* πεινασμένος. Εξάλλου, ως χορτοφάγος, δεν θα έτρωγα ποτέ αντιλόπη.

Με το στομάχι μου γεμάτο κουλούρια, η λογική μου επέστρεψε και μου είπε να τηλεφωνήσω πρώτα στον Ντιούκ- έτσι θα μπορούσα να παρουσιάσω στην Becca μια λύση την ίδια στιγμή που θα της έλεγα το πρόβλημα. Επίσης, έπρεπε να ξέρω αν ο Ντουκ ήταν διαθέσιμος (λες και θα μπορούσε να αντισταθεί σε μια δεσποινίδα σε κίνδυνο και σε μια αστυνομική υπόθεση μαζί), επίσης, τι θα χρέωνε για τις υπηρεσίες του και ποιο θα ήταν το σχέδιο επίθεσής του. Χάρηκα που μπορούσα επιτέλους να προσφέρω στον Ντουκ μια αμειβόμενη δουλειά και χάρηκα εξίσου που μπορούσα να αναβάλω το τηλεφώνημα στην Μπέκα.

Όταν σήκωσε το τηλέφωνο, μπορούσα να ακούσω το πλήθος του μπαρ στο βάθος.

Έπρεπε να συχνάζει στο "The Big Easy", ο Ντιούκ ουσιαστικά ζούσε εκεί.

"Λοιπόν, αν δεν είναι η κα Esquire, η ίδια. " είπε ο Ντιούκ. "Το ήξερα ότι δεν μπορούσες να μείνεις μακριά. Είναι αυτή η γοητεία του Μπρουσάρντ... σε πιάνει στο πετσί σου. "

"Ξέρεις, αισθάνομαι φαγούρα τελευταία. Νόμιζα ότι ήταν κάποιο εξάνθημα, αλλά πρέπει να φταίει η παλιά γοητεία του Μπρουσάρ".

Ο Ντιούκ γέλασε. "Πώς πάει, αγάπη μου; Είσαι έτοιμη να αρχίσεις να ψάχνεις τον μπαμπά σου ξανά; Έχω κάποιες ιδέες. "

Για ένα δευτερόλεπτο, ξέχασα ότι ο Ντιούκ δεν ήταν ενήμερος για το έργο του πατέρα μου. Έτσι κι αλλιώς, δεν υπήρχαν πολλά να πω, αλλά σήμερα δεν ήταν η κατάλληλη μέρα.

"Ήσουν πολύ καλός που με βοήθησες με αυτό, Ντιούκ, και το εκτιμώ πραγματικά, αλλά έβαλα το σχέδιο σε αναμονή προς το παρόν. Έχω μια υπόθεση διαζυγίου που έχει μετατραπεί σε έρευνα δολοφονίας και χρειάζομαι τις υπηρεσίες ενός καλού ιδιωτικού ντετέκτιβ. Είσαι μέσα;"

"Όχι, εκτός αν χρειάζεστε τις υπηρεσίες ενός *σπουδαίου* ιδιωτικού ντετέκτιβ. Δεν μπορώ να υποβαθμίσω τα στάνταρ μου έτσι, ξέρεις. Θα κατέστρεφε τη φήμη μου".

Γέλασα. "Λοιπόν, δεν θα το ήθελα αυτό στη συνείδησή μου. Αυτό θα ήταν μια πληρωμένη συναυλία, απλά για να ξέρεις".

"Λοιπόν, γιατί δεν το είπες; Θα ρίξω τα στάνταρ μου αν η τιμή είναι σωστή. 75 δολάρια την ώρα ακούγονται δίκαια; Θα χρειαστώ προκαταβολή, ίσως 500 δολάρια. Εντάξει;"

Φαίνεται ότι ο Ντιούκ θα μπορούσε να χρησιμοποιήσει τα χρήματα.

"Είμαι σίγουρος ότι θα είναι μια χαρά", του είπα και μετά του είπα τι συνέβαινε με την Μπέκα.

"Ουάου!" είπε όταν τελείωσα. "Αυτό είναι ζουμερό. Πότε ξεκινάμε;"

"Αμέσως μόλις πω στην Μπέκα ότι είναι ύποπτη για τη δολοφονία του συζύγου της".

ΚΕΦΑΛΑΙΟ 18

Δεν μπορούσα να το αναβάλλω άλλο- έτσι κάλεσα τον αριθμό της Becca. Προς έκπληξή μου, απάντησε ένας άντρας.

"Το τηλέφωνο της Μπέκα."

"Γεια σας, είμαι η Τζέιμι Κουίν. Μπορώ να μιλήσω με την Μπέκα;"

"Γεια σου, Τζέιμι, ο Τσάρλι είμαι. Η Μπέκα κοιμάται, αλλά μου είπε να την ξυπνήσω αν τηλεφωνήσεις. Δεν νομίζω ότι κοιμήθηκε όλο το Σαββατοκύριακο. Φίλε, αυτό ήταν πολύ σκληρό γι' αυτήν".

"Σίγουρα έχει. Ξέρεις κάτι, Τσάρλι; Μην την ξυπνήσεις, μπορώ να σε ξαναπάρω αργότερα. Αλλά ήθελα να σε ρωτήσω κάτι... έχεις δει τον Τζο πρόσφατα;"

"Συνήθιζα να τον βλέπω στην πόλη. Πάντα του έλεγα "γεια" -εννοώ, ένιωθα άσχημα για τον τύπο- αλλά εκείνος με αγνοούσε. "

"Εσείς οι δύο τσακωθήκατε ποτέ; Ήταν κακός μαζί σου;" Τον ρώτησα.

Ο Τσάρλι έκανε παύση πριν απαντήσει. "Ναι, όταν έμαθε για πρώτη φορά ότι βγαίνω με την Μπέκα, τηλεφώνησε και μου έσκασε τα μούτρα, είπε ότι είμαι μπάσταρδος, κάθαρμα και μερικά άλλα πράγματα. Αλλά μετά σταμάτησε να μου μιλάει εντελώς".

Αφού κλείσαμε το τηλέφωνο, αναρωτήθηκα πώς ο Τσάρλι και ο Τζο είχαν γίνει φίλοι. Ο Τσάρλι ήταν χαμηλών τόνων, εμφανίσιμος με έναν ατημέλητο τρόπο, σαν ένας τύπος που κάνει σέρφερ ή που παίζει φρίσμπι με τον σκύλο του στην παραλία. Ο Τζο, από την άλλη πλευρά, ήταν φιλόδοξος, γεμάτος ενέργεια, δυνατός. Του άρεσαν τα ωραία ρούχα και τα ακριβά αυτοκίνητα και του άρεσε να βρίσκεται στο επίκεντρο της προσοχής. Έχοντας δημιουργήσει μια επιχείρηση τεχνολογίας την οποία αργότερα πούλησε για ένα εκατομμύριο δολάρια, ο Joe ήθελε να πιστεύει ότι ήταν ο επόμενος Steve Jobs. Όσον αφορά τους φίλους, αυτοί οι δύο έμοιαζαν εντελώς αταίριαστοι. Σε κάθε περίπτωση, δεν μπορούσα να φανταστώ τον Τσάρλι να σκοτώνει κανέναν. Πάρα *πολύ κακό κάρμα και τέτοια, φίλε.*

Ήταν 3:00, αλλά είχα τελειώσει με τη δουλειά για σήμερα. Ο Θεός να ευλογεί την αυτοαπασχόληση! Ένιωθα ότι είχα καταφέρει πολλά, ή τουλάχιστον αρκετά, και έπρεπε να καθαρίσω το κεφάλι μου. Αποφάσισα ότι μια μικρή άσκηση με λίγη φύση ήταν ό,τι πρέπει, οπότε πήγα στο πάρκο Τ.Υ. για έναν μεγάλο περίπατο. Έχω πάντα ρούχα γυμναστικής και αθλητικά παπούτσια στο αυτοκίνητό μου, σε περίπτωση που μου έρθει η διάθεση, αλλά, επειδή αυτό συμβαίνει σπάνια, τα ρούχα ήταν φρέσκα και καθαρά. Αν είχαν ιδρώσει ποτέ...

Το πάρκο Topeekeegee Yugnee Park, εν συντομία T.Y., ανταποκρίνεται στο όνομά του, το οποίο σημαίνει "τόπος συνάντησης ή συγκέντρωσης" στη γλώσσα Seminole. Με έκταση 138 στρεμμάτων, είναι ένα αστικό πάρκο ακριβώς στο κέντρο της πόλης με έναν πλακόστρωτο κύκλο δύο μιλίων, τον οποίο μοιράζονται ευχάριστα οι περιπατητές, οι τζόγκερ, οι πατινέρ, οι ποδηλάτες και οι μαμάδες που νανουρίζουν τα μωρά τους στα καροτσάκια. Ακόμη και το απόγευμα της Δευτέρας, ήταν γεμάτο κόσμο. Το πάρκο έχει πολλά να προσφέρει: ποδήλατα και βάρκες προς ενοικίαση, κατασκηνώσεις και παιδικές χαρές, μπάσκετ, βόλεϊ και τένις και πάνω από δώδεκα καταφύγια πικνίκ για πάρτι και μπάρμπεκιου. Αλλά το καλύτερο πράγμα στο T.Y. είναι το Castaway Island, ένα μεγάλο υδάτινο πάρκο με τσουλήθρες, πισίνες και παραλία.

Στο γυμνάσιο, δούλευα στο περίπτερο παραχώρησης το καλοκαίρι και, παρά το γεγονός ότι έκανε πολύ ζέστη, ήταν γεμάτο παιδιά και είχε τρελή δουλειά όλη την ώρα, ήταν η πιο διασκεδαστική εμπειρία που είχα ποτέ. Αλλά τότε, δεν ήμουν ναυαγοσώστης, που ήταν μια εξαντλητική, υψηλής πίεσης δουλειά. Είναι καταπληκτικό πόσοι γονείς νομίζουν ότι δεν χρειάζεται να προσέχουν τα παιδιά τους γύρω από το νερό μόνο και μόνο επειδή υπάρχει ναυαγοσώστης σε υπηρεσία. Για περίπου 10 δολάρια την ώρα, οι ναυαγοσώστες μας έσωζαν τουλάχιστον πέντε παιδιά την ημέρα από πνιγμό.

Η διασκέδαση ήρθε μετά το κλείσιμο του πάρκου στις 5:00. Τότε ήταν που το προσωπικό μπορούσε να παίξει στις τσουλήθρες και να κολυμπήσει στις πισίνες. Ήταν μια έκρηξη! Το απολαύσαμε ακόμη περισσότερο επειδή έπρεπε να περιμένουμε όλη την ημέρα. Δεν θα πρέπει να σας εκπλήσσει το γεγονός ότι μερικά ειδύλλια ξεκίνησαν κατά τη διάρκεια των καθημερινών μας παιχνιδιών στο νερό.

Καθώς περπατούσα στον κύκλο, έκανα μια παράκαμψη προς το νησί Castaway. Ακούγοντας τα παιδιά να τσιρίζουν και να γελάνε, γύρισα πίσω σε εκείνα τα καταπληκτικά καλοκαίρια. Στεκόμουν εκεί, ονειροπολώντας, όταν κάποιος με χτύπησε στον ώμο.

"Τζέιμι; Δεν μπορώ να το πιστέψω, μοιάζετε ακριβώς οι ίδιοι! Δεν με αναγνωρίζεις;"

"Εμ, συγγνώμη, δεν είμαι σίγουρη ότι ξέρω", είπα στον πανέμορφο τύπο που στεκόταν δίπλα μου. Ήταν άνετα ένα μέτρο ψηλότερος από μένα, με χαμογελαστά καστανά μάτια, μαλλιά λευκασμένα από τον ήλιο και τόσο μαυρισμένος που πρέπει να περνούσε πολύ χρόνο στην ύπαιθρο. Μελέτησα το πρόσωπό του για ενδείξεις- αυτό ήταν πραγματικά ενοχλητικό. Και τότε παραλίγο να πέσω κάτω.

"Κιπ; Θεέ μου! Πραγματικά εσύ είσαι! " Η φωνή μου τσίριζε, ήμουν τόσο χαρούμενη που τον έβλεπα. "Συγγνώμη που δεν σε αναγνώρισα, θέλω να πω... έχεις αλλάξει τόσο πολύ. Πότε έγινες τόσο ψηλός; " Δεν μπορούσα να σταματήσω να χαμογελάω. Ή να φλυαρώ. Ο Κιπ κι εγώ ήμασταν ένα από εκείνα τα ρομάντζα στο θαλάσσιο πάρκο που σου έλεγα. Ήμουν τρελή γι' αυτόν τότε, και νομίζω ότι ένιωθε το ίδιο για μένα, αλλά όταν έφυγε για το κολέγιο, απομακρυνθήκαμε. Τον σκεφτόμουν ακόμα μερικές φορές, ειδικά όταν περνούσα από το πάρκο.

Πριν προλάβω να πω άλλη λέξη, με αγκάλιασε και με σήκωσε από το έδαφος. Και μετά γέλασε και με άφησε πάλι κάτω.

"Ναι, είχα μια μικρή αύξηση στο κολέγιο, ξέρεις". Χαμογέλασε. "Είναι φανταστικό που σε βλέπω, Τζέιμι! Πώς είσαι; Τι κάνεις με τον εαυτό σου;"

"Για να δούμε, πήρα πτυχίο στην αγγλική φιλολογία, συνειδητοποίησα ότι δεν είχα καμία εμπορεύσιμη δεξιότητα και στη συνέχεια πήγα στη νομική σχολή. Τώρα, είμαι δικηγόρος οικογενειακού δικαίου εδώ στο Χόλιγουντ. Εσύ τι λες; " Δεν μπορούσα να σταματήσω να τον κοιτάζω.

"Πήρα κι εγώ μια μακρά και βασανιστική διαδρομή. Βγήκα από τη σχολή με MBA, μπήκα κατευθείαν στον κόσμο των επιχειρήσεων και το μίσησα. Έκανα στροφή 180 μοιρών, επέστρεψα στη σχολή και κατέληξα σε μια δουλειά που αγαπώ, δουλεύοντας σε εξωτερικούς χώρους όπου μπορώ να λατρεύω τη φύση σε όλο της το μεγαλείο". Σταμάτησε για να κλωτσήσει μια μπάλα ποδοσφαίρου πίσω σε ένα μικρό αγόρι, το οποίο συνέχισε γρήγορα το παιχνίδι του.

"Αυτό είναι υπέροχο!" Είπα. "Πάντα ήσουν

ο μεγαλύτερος θαυμαστής της. Δεν μπορώ να πιστέψω ότι συναντηθήκαμε τυχαία εδώ, από όλα τα μέρη. Ποιες είναι οι πιθανότητες;"

Γέλασε. "Θα έλεγα ότι οι πιθανότητες είναι εξαιρετικές".

"Τι εννοείς;"

"Αφού πήρα το πτυχίο μου στη διαχείριση πάρκων και τη δασοκομία, εργάστηκα για το κρατικό σύστημα πάρκων στην Καλιφόρνια, μέχρι που έκαναν περικοπές στον προϋπολογισμό και έχασα τη δουλειά μου. Μια θέση άνοιξε εδώ και έκανα αίτηση. Από πριν από μια εβδομάδα, είμαι η νέα διευθύντρια του τμήματος πάρκων. Έτσι, εργάζομαι εδώ. "

"Δουλεύεις σε αυτό το πάρκο;" Ρώτησα, προσπαθώντας να κρατήσω τον ενθουσιασμό μακριά από τη φωνή μου. Ήμουν ενήλικας τώρα- έπρεπε να το υπενθυμίζω συνεχώς στον εαυτό μου.

"Στην πραγματικότητα, είμαι υπεύθυνος για όλα τα πάρκα. Επισκέπτομαι το καθένα για να κάνω αξιολογήσεις και σκέφτηκα να ξεκινήσω με το αγαπημένο μου. Αλλά, πες μου περισσότερα για σένα, είσαι παντρεμένος; Έχετε παιδιά;"

"Όχι, εσύ τι λες;" Έπρεπε να είναι παντρεμένος. Και πιθανώς είχε μια ντουζίνα πανέμορφα παιδιά που του έμοιαζαν.

"Είχα αρραβωνιαστεί μια φορά για μερικούς μήνες, αλλά δεν τα κατάφερα. Ούτε παιδιά".

Κάποιος να με ξυπνήσει! Τώρα που το ξανασκέφτομαι, σας παρακαλώ μην το κάνετε.

Απλά στεκόμασταν εκεί, χαμογελώντας ο ένας στον άλλο, μέχρι που ο Κιπ πήρε το χέρι μου και είπε: "Πρέπει να επιστρέψω στη δουλειά, αλλά θα ήθελα πολύ να τα πούμε λίγο ακόμα".

"Θα το ήθελα πολύ."

"Μήπως σας αρέσει η ιππασία; Πρέπει να πάω στο πάρκο Tradewinds το επόμενο Σάββατο, και έχουν στάβλους και μονοπάτια για άλογα".

"Το τελευταίο άλογο που ανέβηκα ήταν ένα πόνι όταν ήμουν πέντε ετών, αλλά αυτό ακούγεται διασκεδαστικό. Αν δεν σε πειράζει να ιππεύσεις με έναν αρχάριο".

"Μην ανησυχείτε, θα σας διδάξω. Τι θα έλεγες να συναντηθούμε εκεί στη μία η ώρα;"

"Τέλεια! Ανυπομονώ γι' αυτό, Κιπ".

"Κι εγώ το ίδιο. Τα λέμε τότε, Τζέιμι! " Άλλη μια γρήγορη αγκαλιά και έφυγε.

Είχα ζαλιστεί από την καλή μου τύχη - ήταν ο Κιπ! Έχουμε ραντεβού! Και τι έγινε, αν δεν ξέρω να ιππεύω ένα άλογο, ο Κιπ θα με μάθει. Πώς θα τα κατάφερνα μέχρι το Σάββατο; Αναρωτήθηκα. Ήξερα ότι το να βγω ένα ραντεβού δεν σήμαινε απαραίτητα τίποτα, αλλά ήμουν ευτυχισμένη εκείνη τη στιγμή και τίποτα δεν μπορούσε να το αλλάξει αυτό.

Γύρισα πίσω στο πάρκινγκ και βρήκα το αυτοκίνητό μου. Καθώς άνοιξα την πόρτα, άκουσα ένα ξέφρενο βουητό κάτω από το κάθισμα. Είχα χάσει τρεις κλήσεις από την Μπέκα.

ΚΕΦΑΛΑΙΟ 19

"Μπέκα; Είμαι η Τζέιμι. Συγγνώμη που σε έχασα".

"Δεν πειράζει", είπε με επίπεδη, μονότονη φωνή.

"Μίλησα με τον εισαγγελέα. Θα σας πω τι είπε σε ένα λεπτό, αλλά πρώτα πρέπει να σας κάνω μερικές ερωτήσεις".

"Εντάξει."

Αναρωτήθηκα αν ήταν υπό φαρμακευτική αγωγή, ακουγόταν τόσο ρομποτική. Δεν θα μπορούσε να ακούγεται λιγότερο ενδιαφέρουσα αν μιλούσαμε για τον καιρό ή για τις Καρντάσιανς. Ήμουν ακόμα στο πάρκο, καθισμένος στο αυτοκίνητό μου με τα παράθυρα ανοιχτά. Αν έπρεπε να κάνω κάτι τόσο δυσάρεστο, θα μπορούσα τουλάχιστον να απολαύσω το τοπίο.

"Αισθάνεσαι καλά;" Ρώτησα. "Θα προτιμούσες να τηλεφωνήσω αργότερα;"

"Είναι μια χαρά", τόνισε.

"Εντάξει τότε, πότε ήταν η τελευταία φορά που είδες τον Τζο;"

"Στην αίθουσα του δικαστηρίου."

"Του μίλησες μετά από αυτό;"

"Όχι."

"Σε ένα άλλο θέμα, έχεις συνταγή για υπνωτικά χάπια, Μπέκα;"

"Ναι, Ambien."

Ακόμα ακουγόταν ανιαρή, σχεδόν βαριεστημένη.

"Τα παίρνετε συχνά;"

"Όταν το χρειάζομαι."

"Πήρε ποτέ ο Τζο τα υπνωτικά σου χάπια;"

"Ναι."

Εντάξει, τώρα αρχίσαμε να φτάνουμε κάπου.

"Πόσες φορές το έκανε αυτό;"

"Δεν είμαι σίγουρος. Μερικές φορές".

"Ξέρεις πώς θα έπαιρνε τα χάπια σου αφού μετακόμισε;"

"Όχι ακριβώς."

"Μήπως πήρε μερικά μαζί του όταν μετακόμισε;"

"Υποθέτω."

"Είναι εκεί ο Τσάρλι; Θα σας πείραζε να του δώσετε το τηλέφωνο για ένα λεπτό;"

Την άκουσα να του δίνει το τηλέφωνο.

"Γεια σου Τζέιμι", είπε.

"Γεια σου Τσάρλι, είναι καλά η Μπέκα; Δεν ακούγεται καλά. Πρέπει να της μιλήσω για κάποια σημαντικά πράγματα και δεν ξέρω αν, λοιπόν, προσέχει".

"Ναι, όταν αγχώνεται πολύ, κλείνει τα μάτια της. Σύντομα θα επανέλθει στο φυσιολογικό της."

Θυμήθηκα ότι συμπεριφερόταν με τον ίδιο

τρόπο στον προθάλαμο του δικαστηρίου, μετά την ακρόασή της. Ίσως αυτό να διευκόλυνε τη δουλειά μου.

"Παρακαλώ ρωτήστε την Μπέκα αν μου δίνει την άδεια να σας μιλήσω για την κατάστασή της".

Τον άκουσα να ρωτάει και την άκουσα να συμφωνεί.

"Εντάξει, Τσάρλι, άκου πώς έχουν τα πράγματα, το γραφείο του εισαγγελέα θέλει να ανακρίνει την Μπέκα στο πλαίσιο της έρευνάς τους για τον θάνατο του Τζο. Πρέπει να κλείσουμε ένα ραντεβού και σκοπεύω να πάω μαζί της. Πιθανότατα θα θελήσουν να μιλήσουν και σε σένα κάποια στιγμή, υποθέτω. Λυπάμαι, αλλά δεν θα μπορούσα να εκπροσωπήσω τόσο εσάς όσο και την Μπέκα, λόγω πιθανής σύγκρουσης συμφερόντων, αλλά θα σας πρότεινα να πάτε με δικηγόρο. Αν δεν έχετε την οικονομική δυνατότητα, μπορείτε να ζητήσετε να σας διορίσουν έναν από το γραφείο του δημόσιου συνήγορου".

"Δεν πειράζει, καταλαβαίνω. Θα της πω όλα όσα είπατε", είπε με το συνηθισμένο ήρεμο ύφος του.

"Να μου τηλεφωνήσει;"

"Βέβαια."

Αφού έκλεισα το τηλέφωνο, μου πέρασε από το μυαλό ότι ο Τσάρλι δεν είχε δείξει περισσότερη συγκίνηση από την Μπέκα, ακόμη και όταν του είπα ότι ο εισαγγελέας μπορεί να τον ανακρίνει για τον νεκρό σύζυγο της φίλης του. Υπήρχε κάτι παράξενο στον

Τσάρλι, απλά δεν μπορούσα να το προσδιορίσω.

ΚΕΦΑΛΑΙΟ 20

Δεν είχα πει στον Τσάρλι για την πρόταση της Σούζαν Ντόιλ να προσλάβει έναν ιδιωτικό ντετέκτιβ. Όπως είπα, υπήρχε μια πιθανή σύγκρουση συμφερόντων και η υποχρέωσή μου ήταν απέναντι στην Μπέκα - ειδικά αν ο ιδιωτικός ντετέκτιβ, γνωστός και ως Ντιούκ, πίστευε ότι ο Τσάρλι άξιζε να ερευνήσει. Αποφάσισα να ακολουθήσω τον εύκολο δρόμο αυτή τη φορά και να στείλω e-mail στη Μπέκα, αφού δεν είχα μεγάλη τύχη να μιλήσω μαζί της στο τηλέφωνο. Ένας Θεός ξέρει, είχα προσπαθήσει.

Ήμουν σπίτι για λίγο και μόλις είχα τελειώσει να ταΐζω τον εαυτό μου και τη γάτα. Το δείπνο μου ήταν μια κατεψυγμένη πίτσα, το δικό του ήταν ένα δύσοσμο υγρό μείγμα ποιος ξέρει τι που φαίνεται να αρέσει στις γάτες. Ήμασταν και οι δύο ευχαριστημένοι με την επιλογή μας.

Αφού αράζω λίγο, διαβάζω τις ειδήσεις στο διαδίκτυο και παίζω "Words with Friends" με την Γκρέις (από πότε το 'suqs' είναι λέξη;), στέλνω ένα e-mail στην Becca.

*Γεια σου Μπέκα, τηλεφώνησα σε μια φίλη μου για συμβουλές σχετικά με την κατάστασή σου και πιστεύει ότι θα ήταν προς το συμφέρον σου να προσλάβεις έναν ιδιωτικό ερευνητή για να εξετάσει το θάνατο του Τζο. Συμφωνώ μαζί της. Έχω έναν ιδιωτικό ντετέκτιβ που χρησιμοποιώ, ο οποίος είναι πολύ καλός και σε λογικές τιμές. Χρεώνει 75 δολάρια την ώρα και απαιτεί προκαταβολή 500,00 δολάρια. Έχετε αφήσει χρήματα στον καταπιστευματικό μου λογαριασμό από την υπόθεση του διαζυγίου σας, τα οποία θα μπορούσατε να χρησιμοποιήσετε για να τον προσλάβετε, αλλά θα πρέπει να υπογράψετε το συμφωνητικό της κράτησής του. **Θέλετε να το κάνετε αυτό;** Επίσης, πρέπει να κλείσουμε ένα ραντεβού με τον εισαγγελέα. Παρακαλώ πείτε μου πότε είστε διαθέσιμος και θα κλείσω το ραντεβού.*

Μέσα σε δύο λεπτά, είχα μια απάντηση.

Γεια σας Τζέιμι, μπορείτε να προχωρήσετε και να προσλάβετε τον PI. Μπορείς να μου στείλεις με email τη συμφωνία του; Μπορώ να έρθω μαζί σου στον εισαγγελέα οποιοδήποτε πρωί μετά τις 8:30, αλλά δεν μπορώ να πάω το απόγευμα γιατί πρέπει να πάρω τα κορίτσια από το σχολείο.

Ευχαριστώ για όλα όσα κάνεις για μένα. Συγγνώμη που είμαι τόσο χάλια.

Τουλάχιστον ακουγόταν πάλι φυσιολογική. Έστειλα γρήγορα μήνυμα στον Ντιούκ ότι θα προχωρούσαμε και του ζήτησα να μου στείλει με e-mail το συμβόλαιό του για να το υπογράψει η Becca. Μου έστειλε μήνυμα αμέσως.

Γεια σου, δικηγόρε, τι λες τώρα; Ποιο συμβόλαιο;

Ξέρεις, όπως όταν οι άνθρωποι σε προσλαμβάνουν; Σου απάντησα με μήνυμα.

Λειτουργώ με χειραψία, αγάπη μου. Κανένα παράπονο, αρκεί να κάνω τη δουλειά μου.

Ίσως επειδή παίρνετε τις δουλειές σας από τους συναδέλφους σας. Και μέσω της διαφημιστικής πινακίδας που αγόρασε η πρώην σου λέγοντας στον κόσμο τι σκέφτεται για σένα.

Αυτό μου έδωσε κάποιες δουλειές, έτσι δεν είναι; Της άξιζε, μετά από όλη τη διατροφή που πλήρωσα σ' αυτή τη γυναίκα.

Αυτή τη φορά θα χρειαστείς συμβόλαιο, Μπάκο. Αλλιώς δεν θα αποδεσμεύσω τα χρήματα από τον καταπιστευματικό μου λογαριασμό. Και δεν μπορώ να το συντάξω για σένα γιατί η Μπέκα είναι πελάτισσά μου. Τι θα έλεγες να σου στείλω το συμβόλαιό μου και να κόψεις και να επικολλήσεις από αυτό.

Ξέρεις, για δικηγόρος, δεν είσαι και τόσο κακός.

Ακριβώς πίσω σε σένα.

Αφού έστειλα με e-mail στον Ντιούκ την τυπική συμφωνία μου για την αμοιβή μου, έβαλα ένα ποτήρι κρασί και ξάπλωσα στον καναπέ. Προς απογοήτευσή μου, υπήρχε ένα ελατήριο που με έσπρωχνε στα οπίσθια και το οποίο δεν ήταν εκεί πριν. Ώρα για καινούργιο καναπέ! Θέλω να πω, πώς θα μπορούσα να απολαύσω "ποιοτικό χρόνο στον καναπέ" αν δεν είχα έναν καναπέ που να ανταποκρίνεται στο καθήκον; Δεν είχα αλλάξει τίποτα από τότε που κληρονόμησα το σπίτι πριν από σχεδόν δύο χρόνια, οπότε ίσως ήταν καιρός, αλλά σίγουρα δεν χρειαζόμουν άλλο έργο αυτή τη στιγμή. Εν τω μεταξύ, θα έπρεπε απλώς να γλιστρήσω στην άκρη του καναπέ που δεν έχει τρυπήματα, όπου θα μπορούσα να χαλαρώσω, να πιω το κρασί μου και να αναρωτηθώ ποιος σκότωσε τον Τζο Σόλομον.

ΚΕΦΑΛΑΙΟ 21

Ένα κουλούρι μπορεί να σας αγοράσει πολλή καλή θέληση. Το διαπίστωσα την Τρίτη όταν ζήτησα από τη Lisa να μου κάνει μια χάρη καλώντας το γραφείο του εισαγγελέα. Όχι μόνο το έκανε αμέσως, αλλά και με χαμόγελο. Ποιος να το ήξερε ότι μόνο αυτό θα χρειαζόταν;

Αφού το κανόνισε η Lisa, έστειλα e-mail στην Becca για να της πω ότι το ραντεβού ήταν την Πέμπτη το πρωί και να της ζητήσω να έρθει μισή ώρα νωρίτερα για να προετοιμαστεί. Μου έστειλε αμέσως e-mail για να το επιβεβαιώσει. Με ευχαρίστησε επίσης που προσφέρθηκα να παραστώ στην κηδεία του Joe, η οποία θα γινόταν το Σάββατο το πρωί, αλλά μου ζήτησε να μην πάω. Θα ήταν αρκετά δύσκολο για τους γονείς του Τζο να είναι εκεί· θα ήταν πολύ χειρότερο αν ήταν εκεί και ο δικηγόρος του διαζυγίου της.

Δεν το είχα σκεφτεί καλά, αλλά είχε δίκιο φυσικά και δεν θα έπρεπε να βρίσκομαι εκεί. Δεν ήταν ότι ήθελα να πάω εξαρχής (κανείς δεν θέλει να πάει σε κηδεία), και τώρα που είχα ραντεβού με τον Κιπ το Σάββατο, όλα είχαν λειτουργήσει τέλεια.

Ξεφυλλίζοντας τα υπόλοιπα e-mail μου, είδα ότι ο Ντιούκ είχε στείλει τη "δική του" συμφωνία για τη Μπέκα. Το διάβασα για να δω αν έβγαζε νόημα και ήταν εντάξει, καθόλου άσχημο, οπότε το προώθησα στη Μπέκα για την υπογραφή της. Μόλις το έστελνε πίσω, θα μπορούσα να πληρώσω τον Ντιούκ από τον λογαριασμό εμπιστοσύνης και θα μπορούσε να ξεκινήσει την υπόθεσή της.

Ξεκίναγα να δουλεύω στο γραφείο μου, όταν άκουσα ένα γνώριμο βουητό. Ήταν ένα μήνυμα από την Γκρέις που με ρωτούσε αν ήθελα να συναντηθούμε για φαγητό. Είχε προγραμματισμένες καταθέσεις όλο το απόγευμα στο Χόλιγουντ, στη γωνία από το γραφείο μου. Επίσης, μου είπε ότι είχε κάποια νέα για μένα. Λοιπόν, είχα κι εγώ κάποια νέα γι' αυτήν. Συμφωνήσαμε να συναντηθούμε στο Exotic Bites στην Harrison Street, αφού και οι δύο είχαμε όρεξη για φαλάφελ, και το δικό τους ήταν το καλύτερο στην πόλη. Οπότε, δεν υπήρχε αμφιβολία: χούμους το μεσημέρι στην οδό Harrison.

Μελετούσα τους ναργιλέδες στο ναργιλέ μπαρ όταν μπήκε η Γκρέις στο εστιατόριο.

"Γεια σου, αγαπημένε μου δικηγόρε", της είπα, δίνοντάς της ένα φιλί στο μάγουλο. "Είσαι υπέροχη, όπως πάντα".

"Τι, αυτό το παλιό πράγμα;" Είπε γελώντας, δείχνοντας το κόκκινο κοστούμι Anne Klein που της ταίριαζε τέλεια. Δεν μπορούμε όλοι να φορέσουμε Anne Klein όπως η Γκρέις, αλλά έτσι κι αλλιώς, κάποιοι από εμάς θα προτιμούσαν να φορούν φόρμες. Όπως εγώ, για παράδειγμα.

Καθώς καθόμασταν, ξαφνικά θυμήθηκα κάτι.

"Θα είσαι εντάξει να τρως εδώ; Ή θα πρέπει να μασάς Rolaids για το υπόλοιπο της ημέρας;"

"Θα είμαι μια χαρά", είπε. "Χρειάζομαι Rolaids μόνο όταν έχω να κάνω με εκείνον τον πελάτη που με αγχώνει. Το φαγητό δεν με ενοχλεί, μόνο αυτός. Ανυπομονώ να τελειώσει αυτή η υπόθεση."

"Σίγουρα!" Καταλαβαίνω για τους δύσκολους πελάτες. Είχα κι εγώ μερικούς.

Ήμασταν οι πρώτοι από το πλήθος των μεσημεριανών που έφτασαν, οπότε πήραμε γρήγορα το φαγητό μας. Τα σάντουιτς φαλάφελ είναι πολύ βρώμικα και ήταν το μόνο που μπορούσαμε να κάνουμε για να μην πέσει φαγητό στα ρούχα μας.

Μόλις ήπιαμε τον καφέ μας και μοιραστήκαμε έναν μπακλαβά, η Γκρέις είπε: "Δεν θέλεις να μάθεις ποια είναι τα νέα μου; Δεν είναι του χαρακτήρα σου να είσαι τόσο υπομονετικός. Αισθάνεσαι καλά;"

Γέλασα. "Ίσως αλλάζω σελίδα. Οι άνθρωποι μπορούν να αλλάξουν, ξέρεις".

"Αποκλείεται. Τι συμβαίνει πραγματικά;" Η Γκρέις κοίταξε επιφυλακτική, αλλά κράτησα το πρόσωπό μου κενό όσο μπορούσα.

"Εντάξει", είπα, "θα σου πω. Έχω ραντεβού το Σάββατο".

"Αποκλείεται! Ποιος είναι ο τυχερός; Τον ξέρω; Μου κρύβεις κάτι, Τζέιμι. Πες το!"

"Λοιπόν, είναι υπέροχος και εντελώς αξιολάτρευτος και θα πάμε για ιππασία στο πάρκο Tradewinds. "

Η Γκρέις φαινόταν εκνευρισμένη. "Μα πώς γνωριστήκατε; Πώς τον λένε; Περίμενε... είπες ιππασία; Είναι καλή ιδέα αυτό; Θέλω να πω, δεν είσαι και το πιο αθλητικό άτομο. Χωρίς παρεξήγηση".

"Μην ανησυχείς. Ο Κιπ είπε ότι θα με μάθει", είπα περιμένοντας την αντίδραση της Γκρέις.

"Κιπ; Όπως ο Κιπ Σάιμονς, το αγόρι σου από το λύκειο; Πώς στο καλό...;"

"Μου αρέσει όταν μένεις άφωνος!" Είπα γελώντας. "Στην πραγματικότητα τον συνάντησα τυχαία στο πάρκο Τ.Υ., είναι ο νέος διευθυντής του τμήματος πάρκων! Δεν είναι φανταστικό; Στην αρχή δεν τον αναγνώρισα, αλλά τα βρήκαμε αμέσως".

Η Γκρέις κούνησε το κεφάλι της. "Απίστευτο! Αλλά τι έκανες στο πάρκο Τ.Υ.; Προσπαθούσες να πάρεις πίσω την παλιά σου δουλειά;"

"Πολύ αστείο! Εγώ γυμναζόμουν, να ξέρετε. Το κάνω αυτό περιστασιακά".

"Χαίρομαι τόσο πολύ για σένα, Τζέιμι, πραγματικά. Και ήταν καιρός. Τώρα μπορώ να σου δώσω συμβουλές για την ερωτική σου ζωή! Ανυπομονώ."

"Περίμενε, Γκρέις. Δεν έχω ερωτική ζωή ακόμα. Αλλά προχώρα, δώσε μου μια συμβουλή".

"Εντάξει, έχω τρεις λέξεις για σένα".

"Σιγά-σιγά;" Μάντεψα.

"Όχι", γέλασε, "φόρεσε ένα κράνος. Σε βλέπω να πέφτεις από το άλογο!"

"Ναι", είπα, "κι εγώ".

ΚΕΦΑΛΑΙΟ 22

"Εντάξει, Τζέιμι, αυτό ήταν βόμβα, αλλά μπορώ να το ξεπεράσω. Θέλεις να ακούσεις τα νέα μου τώρα;" ρώτησε η Γκρέις, σκύβοντας προς τα εμπρός. Ήταν πολύ ενθουσιασμένη.

Έκανα νεύμα. Δεν μπορούσα να φανταστώ τι επρόκειτο να πει, αλλά ξαφνικά είχα πεταλούδες στο στομάχι μου.

"Μίλησα με τον φίλο μου στο προξενείο της Ουάσινγκτον για τον πατέρα σου", είπε η Γκρέις. "Και έκανε κάποια έρευνα για μένα".

Καθόμουν εκεί, στρίβοντας την πετσέτα μου, περιμένοντας τα νέα.

Η Γκρέις έφτασε πάνω από το τραπέζι και έσφιξε τα χέρια μου. "Είναι ζωντανός, Τζέιμι!"

"Ω, Θεέ μου, ο μπαμπάς μου είναι ζωντανός!" Ήμουν τόσο συγκλονισμένη, που νόμιζα ότι θα λιποθυμήσω ή θα ξεράσω. Τα χέρια μου έτρεμαν σαν τρελά και τα δάκρυα έτρεχαν στο πρόσωπό μου.

"Να τι συνέβη, δεν πρόκειται να πιστέψετε αυτή την ιστορία! Ο μπαμπάς σου δραπέτευσε από μια φυλακή της Κούβας το 2005 και κολύμπησε σε μια ναυτική βάση των ΗΠΑ, όπου περίμενε τέσσερα χρόνια για πολιτικό άσυλο. Όταν δεν του χορηγήθηκε, τον πήγαν αεροπορικώς στη Νικαράγουα μαζί με άλλους δεκαπέντε Κουβανούς. Ο φίλος μου τηλεφώνησε σε κάποιον γνωστό του στο προξενείο της Νικαράγουας, ο οποίος κίνησε κάποια νήματα και έμαθε ότι ο πατέρας σου βρίσκεται ακόμα στη Νικαράγουα. Προσπαθούν να σου βρουν μια διεύθυνση, Τζέιμι, απλά πρέπει να κάνεις υπομονή. Δεν είναι φοβερό; "

Σχεδόν πήδηξα πέρα από το τραπέζι και τράβηξα την Γκρέις σε μια αγκαλιά. Γελούσαμε και κλαίγαμε και συνεχίζαμε σαν μανιακοί. Η θλίψη μιας ολόκληρης ζωής για τον χαμένο μου πατέρα έμοιαζε να λιώνει σε μια στιγμή. Ένιωθα ασήκωτη, σαν χορεύτρια στον αέρα ή σαν μπαλόνι έτοιμο να πετάξει μακριά.

Μια γυναίκα σε ένα άλλο τραπέζι έπεσε στο μάτι μου και χαμογέλασε, η χαρά μας ήταν μεταδοτική. Γύρισε προς τη σερβιτόρα που έπαιρνε την παραγγελία της και αστειεύτηκε: "Θα πάρω ό,τι κι αυτοί".

ΚΕΦΑΛΑΙΟ 23

Η ευφορία μου κράτησε όλη την ημέρα και ήθελα να μοιραστώ τα νέα με κάποιον. Σκέφτηκα να τηλεφωνήσω στη θεία Πεγκ, αλλά μετά αποφάσισα να μην το κάνω. Είναι τόσο ρεαλίστρια, που φοβήθηκα ότι θα άρχιζε να κάνει δύσκολες ερωτήσεις όπως, πώς ήξερα ότι ο πατέρας μου ήθελε να με ακούσει; Δεν θα καλωσόριζαν όλοι τα νέα μιας ενήλικης κόρης από μια προηγούμενη ζωή. Και, ήθελα πραγματικά να μάθω τις λεπτομέρειες της τραγικής ζωής του; Και αν χρειαζόταν βοήθεια που δεν μπορούσα να του δώσω εγώ; Δεν θα αισθανόμουν χειρότερα από ό,τι πριν; Έτσι, δεν της τηλεφώνησα. Τηλεφώνησα στον Ντουκ αντ' αυτού.

"Γεια σου Ντιούκ, πώς πάει;"

"Δεν θα μπορούσε να είναι καλύτερα, αγάπη μου. Ο κόσμος γυρίζει, ο ήλιος λάμπει και έχω ένα καυτό ραντεβού απόψε. Εσύ τι λες; Είμαστε έτοιμοι να πάμε με τον νέο αγαπημένο μου πελάτη;"

"Ναι, είμαστε. Θα σας στείλω με e-mail μια

περίληψη και τα στοιχεία επικοινωνίας της Μπέκα. Έχω επίσης κάποια νέα".

"Ελπίζω να είναι καλά νέα. Δεν θα ήθελα να σκοτώσεις το κέφι μου".

"Σοβαρέψου, Δούκα, τίποτα δεν θα μπορούσε να σκοτώσει το κέφι σου! " γέλασα.

"Με έπιασες". Γέλασε.

"Λοιπόν, να τα μεγάλα μου νέα, είμαι κοντά στο να βρω τον μπαμπά μου! Ζει στη Νικαράγουα και η Γκρέις προσπαθεί να μου βρει τη διεύθυνσή του. Δεν είναι υπέροχο;"

"Αυτό είναι καταπληκτικό, Τζέιμι. Χαίρομαι πολύ για σένα", είπε ο Ντιούκ, αμήχανα.

"Τότε γιατί δεν ακούγεσαι χαρούμενη;" ρώτησα, προβληματισμένος από την αντίδρασή του.

"Υποθέτω ότι σκέφτηκες ότι η Γκρέις θα μπορούσε να σε βοηθήσει περισσότερο από ό,τι εγώ. Κανένα πρόβλημα".

Καημένε Δούκα! Θα πλήγωνα την υπερηφάνεια του. Μπορώ να είμαι τόσο ανόητος, μερικές φορές. Πώς θα το διόρθωνα αυτό;

"Αλλά ήταν το δικό σου προβάδισμα που το έκανε να συμβεί, Δούκα. Η Γκρέις πήρε το ρίσκο και τηλεφώνησε σε έναν φίλο της στο προξενείο της Κούβας, ο οποίος κατάφερε να εντοπίσει τον πατέρα μου -αλλά μόνο επειδή εσύ έκανες την προεργασία. Γι' αυτό σε παίρνω πρώτα εγώ τηλέφωνο.

"Πραγματικά μου τηλεφώνησες πρώτος; " Μπορούσα να ακούσω το χαμόγελό του μέσα από το τηλέφωνο.

"Φυσικά! Δεν θα μπορούσα να τον βρω χωρίς εσένα. Είσαι ο καλύτερος!"

"Ναι, είμαι, έτσι δεν είναι; Κράτα με ενήμερο γι' αυτό. Θέλω να είμαι ο πρώτος που θα σφίξει το χέρι του γέρου".

"Απλά θέλεις να τον χτυπήσεις για κουβανέζικα πούρα".

"Τι κακό έχει αυτό;" Γέλασε. "Συγχαρητήρια, Τζέιμι, το εννοώ. Τώρα, τι θα έλεγες για λίγο ιστορικό της Μπέκα Σόλομον;"

Τον ενημέρωσα για τα πάντα, συμπεριλαμβανομένου του επικείμενου ραντεβού με τον Εισαγγελέα, αλλά του ζήτησα να μην μιλήσει στην Μπέκα μέχρι να τελειώσει η κηδεία το Σάββατο, και συμφώνησε.

Μετά το τηλεφώνημά μας, έστειλα με e-mail στον Ντιούκ την υπογεγραμμένη σύμβαση από την Μπέκα, καθώς και άλλες πληροφορίες που χρειαζόταν. Δεν χρειάστηκε πολύς χρόνος, αφού του είχα ήδη δώσει μια περίληψη από το τηλέφωνο. Όταν τελείωσα, έβγαλα τον φάκελο μιας από τις άλλες υποθέσεις μου, επειδή, είτε το πιστεύετε είτε όχι, είχα περισσότερους από έναν πελάτες, και είχε προγραμματιστεί μια ακρόαση για την επόμενη μέρα για την οποία έπρεπε να προετοιμαστώ. Ήταν μια ανακούφιση να επικεντρωθώ σε κάτι τετριμμένο και να ξεχάσω για λίγο την Μπέκα Σόλομον.

ΚΕΦΆΛΑΙΟ 24

Η Τετάρτη πέρασε χωρίς προβλήματα. Η ακρόασή μου κύλησε ομαλά, ο πελάτης μου έλαβε την ανακούφιση που ζητούσε και ένιωσα καλά που είμαι δικηγόρος οικογενειακών υποθέσεων. Συμβαίνουν αυτά. Και τότε έφτασε η Πέμπτη και ήρθε η ώρα να συναντηθώ με την Μπέκα. Ανακουφίστηκα όταν είδα ότι ήταν ντυμένη κατάλληλα με ένα ανθρακί γκρι κοστούμι και ότι φαινόταν να είναι κοφτερή και με το μυαλό της. Δεν θα μπορούσα να το αντέξω αν μου γύριζε πάλι ζόμπι.

"Πώς αισθάνεσαι, Μπέκα;" ρώτησα, μόλις καθίσαμε στο μικρό μου τραπέζι συνεδριάσεων.

"Είμαι εντάξει. Θέλω να τελειώνουμε με αυτό". Χτύπησε το πόδι της κάτω από το τραπέζι. Η νευρική της ενέργεια έπρεπε να διαφύγει με κάποιον τρόπο.

"Κι εγώ." Χαμογέλασα καθησυχαστικά. "Πρέπει να προετοιμαστείς γι' αυτό, ψυχολογικά, γιατί θα είναι δύσκολο, δεν θα σου πω ψέματα. Ο εισαγγελέας θα σου κάνει πολλές ερωτήσεις -για τον Τζο, τη σχέση σας, τη συνταγή για τα υπνωτικά σου χάπια, ό,τι μπορεί να σκεφτεί. Και θα προσπαθήσει να σε ταρακουνήσει σε ένα συναισθηματικό ξέσπασμα".

Φαινόταν πανικόβλητη. "Τι να κάνω;"

"Αυτό είναι το εύκολο μέρος. Αφού δώσετε το όνομα και τη διεύθυνσή σας, δεν πρόκειται να απαντήσετε σε καμία ερώτηση. Αντίθετα, θα πείτε το εξής: "Αρνούμαι να απαντήσω με την αιτιολογία ότι μπορεί να με ενοχοποιήσουν."

"Τι; Πλάκα μου κάνεις; Αυτό με κάνει να ακούγομαι σαν εγκληματίας και δεν έκανα τίποτα κακό! Με ποιανού το μέρος είσαι, Τζέιμι;"

"Ηρέμησε, Μπέκα. Είμαι με το μέρος σου και κανείς δεν είπε ότι έκανες κάτι κακό. Μίλησα με μια εξαιρετική δικηγόρο ποινικής υπεράσπισης, τη Σούζαν Ντόιλ, και με συμβούλεψε να προχωρήσω με αυτόν τον τρόπο. Ο λόγος είναι ότι οτιδήποτε πεις σήμερα μπορεί να διαστρεβλωθεί, να αφαιρεθεί από το πλαίσιο και να χρησιμοποιηθεί εναντίον σου, και δεν θέλουμε να τους δώσουμε κάτι που μπορούν να χρησιμοποιήσουν. Αν νομίζουν ότι έχουν μια υπόθεση εναντίον σας, αφήστε τους να το αποδείξουν. Βάλτε τους να ψάξουν για αποδείξεις. Διαφορετικά, μπορούν να πάνε στο διάολο, εντάξει;".

Πήρε μια βαθιά ανάσα και την άφησε να βγει. "Αυτό είναι λογικό, υποθέτω. Συγγνώμη

που σου φώναξα, τα νεύρα μου είναι χάλια. "
Μου χάρισε ένα αχνό χαμόγελο και της χάιδεψα το χέρι.

Τότε η Μπέκα με κοίταξε με αμηχανία. "Μα γιατί δεν φεύγεις, ποιο το νόημα να μείνεις αλλά να μην απαντάς στις ερωτήσεις τους; "

"Για να μάθουμε ποιο είναι το παιχνίδι τους", απάντησα. "Απλά θυμήσου, μην τους δώσεις καμία αντίδραση σε τίποτα. Κατάλαβες;"

"Κατάλαβα."

Οδηγήσαμε τη μικρή απόσταση μέχρι το γραφείο του εισαγγελέα σιωπηλά, ο καθένας μας απορροφημένος στις δικές του σκέψεις. Ετοιμαζόμουν επίσης νοερά για την αναμέτρηση με τον Νικ Δημητρόπουλο. Αν η Μπέκα ακολουθούσε το σενάριο, όλα θα πήγαιναν καλά, αλλά δεν εμπιστευόμουν τον Νικ. Τα βρώμικα κόλπα ήταν η ειδικότητά του, και το ποινικό δίκαιο σίγουρα δεν ήταν το δικό μου.

Μας οδήγησαν σε ένα μονότονο δωμάτιο όπου όλα ήταν καφέ, το χαλί, το τραπέζι, οι καρέκλες. Ακόμη και οι τοίχοι ήταν μπεζ. Έμοιαζε με ένα δωμάτιο όπου η ελπίδα πήγε να πεθάνει. Καθίσαμε και περιμέναμε. Πέρασαν ένα καλό τέταρτο πριν ο ίδιος ο πρίγκιπας του σαρκασμού μπει στο δωμάτιο.

"Καλημέρα, κυρία Κουίν, κυρία Σόλομον". Είχε ήδη αρχίσει τα παιχνίδια του με την Μπέκα.

"Γεια σου, Νικ." Είπα. Η Μπέκα έγνεψε, αλλά δεν είπε τίποτα.

"Σας ευχαριστώ που ήρθατε", είπε. "Σας

κάλεσα εδώ για να κάνετε μια δήλωση σχετικά με το θάνατο του Τζο Σόλομον. Ό,τι πείτε θα καταγραφεί και μπορεί να χρησιμοποιηθεί εναντίον σας στο δικαστήριο. Καταλάβατε κυρία Σόλομον;"

Η Μπέκα έγνεψε ξανά.

"Πρέπει να απαντήσετε ακουστικά, για τα πρακτικά".

"Ναι", είπε. "Καταλαβαίνω".

"Βλέπω ότι επιλέξατε να φέρετε μαζί σας σύμβουλο, σωστά;"

"Ναι."

"Παρακαλώ αναφέρετε το όνομα του δικηγόρου σας."

"Jamie Quinn."

"Παρακαλώ δηλώστε το όνομα και τη διεύθυνσή σας."

"Ρεβέκκα Σόλομον. 3700 S. 37th Court, Hollywood Hills, Florida."

"Πιστεύετε ότι ο σύζυγός σας αυτοκτόνησε, κυρία Σόλομον;"

"Δεν ξέρω", απάντησε. Την κοίταξα επίμονα και εκείνη ανατρίχιασε. Είχε ήδη ξεφύγει από το σενάριο!

"Πιστεύετε ότι ο σύζυγός σας δολοφονήθηκε;"

"Αρνούμαι να απαντήσω με την αιτιολογία ότι μπορεί να με ενοχοποιήσει", είπε, σαν κάθε λέξη να της έκαιγε το στόμα κατά την έξοδό της.

"Ενδιαφέρον", σχολίασε ο Νικ.

"Ξέρετε κάποιον που μπορεί να σκότωσε τον άντρα σας;"

"Αρνούμαι να απαντήσω με την αιτιολογία

ότι μπορεί να με ενοχοποιήσει". Η Μπέκα ήταν πολύ χλωμή και στριφογύριζε στη θέση της.

Ο Νικ σταμάτησε να ξεφυλλίζει τα χαρτιά του, σαν να είχε όλο τον χρόνο του κόσμου.

"Είχατε κάποιο λόγο να σκοτώσετε τον σύζυγό σας;"

"Αρνούμαι να απαντήσω με την αιτιολογία ότι μπορεί να με ενοχοποιήσει".

"Δεν ήσασταν στη μέση ενός δυσάρεστου διαζυγίου όταν πέθανε ο σύζυγός σας;"

"Αρνούμαι να απαντήσω με την αιτιολογία ότι μπορεί να με ενοχοποιήσει". Τα δάκρυα κυλούσαν στο πρόσωπο της Μπέκα.

Ο Νικ άλλαξε ταχύτητα.

"Δεν είναι αλήθεια ότι έχετε συνταγή για υπνωτικά χάπια;" ρώτησε.

"Αρνούμαι να απαντήσω με την αιτιολογία ότι μπορεί να με ενοχοποιήσει".

"Γνωρίζετε ότι ο σύζυγός σας Τζο πέθανε από υπερβολική δόση αλκοόλ και υπνωτικών χαπιών;"

"Αρνούμαι να απαντήσω με την αιτιολογία ότι μπορεί να με ενοχοποιήσει". Η Μπέκα είχε αρχίσει να ταλαντεύεται ασταθώς στη θέση της.

Ο Νικ άφησε τα χαρτιά του κάτω και κοίταξε την Μπέκα στα μάτια. "Έχεις ιδέα πώς τα υπνωτικά σου χάπια κατέληξαν στο σπίτι του Τζο; Σε ένα μπουκάλι ασπιρίνης;"

Η Μπέκα έβγαλε μια κραυγή πριν φωνάξει: "Θεέ μου! Όχι-όχι-όχι!"

Και τότε λιποθύμησε.

ΚΕΦΆΛΑΙΟ 25

Έπιασα την Μπέκα πριν πέσει από την καρέκλα της, ενώ η βοηθός του Νικ έτρεξε να φέρει αρωματικά άλατα. Μόλις άνοιξε ένα από αυτά, η ισχυρή μυρωδιά αμμωνίας διείσδυσε στο μικρό δωμάτιο, προκαλώντας μου μια κρίση βήχα. Ένα κύμα αυτής της μικροσκοπικής βόμβας δυσοσμίας κάτω από τη μύτη της ήταν αρκετό για να συνεφέρει τη Μπέκα και εκείνη σηκώθηκε, κοιτάζοντας ζαλισμένη, σαν να μη θυμόταν πού βρισκόταν.

Κοίταξα επίμονα τον Νικ. *Τελειώσαμε εδώ. Και ελπίζω να είσαι περήφανος για τον εαυτό σου!*

"Ξέρεις ποιο είναι το πρόβλημά σου, Κουίν;" ρώτησε. "Παίρνεις τα πάντα τόσο προσωπικά. Είσαι σίγουρος ότι δεν είναι ξαδέρφη σου;"

"Μπορεί να παίρνω τα πράγματα προσωπικά, αλλά τουλάχιστον δεν έχω χάσει τη συμπόνια μου. Μόλις το χάσεις αυτό, Νικ, τι σου μένει;"

"Ένας πολύ καλός δικηγόρος, αυτό είναι", είπε και βγήκε από το δωμάτιο.

Βοήθησα τη Μπέκα να σηκωθεί στα πόδια της και μόλις ήταν σταθερή, την οδήγησα στην πόρτα. Πριν φύγουμε από το κτίριο, επέμενα να πιει λίγο νερό από το σιντριβάνι στο διάδρομο. Ευτυχώς, φτάσαμε στο πάρκινγκ χωρίς περιστατικά και την έβαλα στη θέση του συνοδηγού.

"Αισθάνεσαι καλύτερα τώρα; " ρώτησα, καθώς έβαζα μπροστά το αυτοκίνητο.

"Ναι, ευχαριστώ. Δεν θυμάμαι όμως τι συνέβη".

"Ο εισαγγελέας σας έκανε ερωτήσεις όταν λιποθυμήσατε. Θυμάστε τι σας ρώτησε και σας αναστάτωσε τόσο πολύ;" Ήξερα ότι ήταν μια ριψοκίνδυνη ερώτηση, αλλά τουλάχιστον βρισκόταν σε ασφαλές μέρος.

"Λυπάμαι, Τζέιμι, δεν ξέρω".

"Δεν πειράζει, μην ανησυχείς", είπα, αναρωτώμενη αν η Μπέκα ήταν ειλικρινής. Φαινόταν να είναι. Είτε ήταν εξαιρετική ηθοποιός, είτε είχε την ικανότητα να μπλοκάρει αμέσως τα τραυματικά γεγονότα. Όπως και να έχει, ήταν περίεργο. Μερικές φορές, μετάνιωνα που δεν πήρα ειδικότητα στην ψυχολογία- θα ήταν συναρπαστικό να μάθω πώς λειτουργεί το μυαλό.

Δεν ένιωθα άνετα να αφήσω την Μπέκα να οδηγήσει, οπότε την έπεισα να με αφήσει να την αφήσω στο σπίτι- αυτή και ο Τσάρλι θα μπορούσαν να πάρουν το αυτοκίνητό της αργότερα. Την συνόδευσα στο σπίτι της και μετά πήρα τον Τσάρλι στην άκρη για να του πω ότι η Μπέκα είχε λιποθυμήσει και να την προσέχει. Ως συνήθως, ήταν ευγενικός και ευχάριστος και είπε ότι θα τη φρόντιζε. Αναρωτήθηκα τι θα χρειαζόταν για να εκνευρίσει τον Τσάρλι, αλλά δεν μπορούσα να το φανταστώ. Κανείς δεν θα μπορούσε να είναι τόσο ήρεμος όλη την ώρα, ούτε καν η Μητέρα Τερέζα ή ο Δαλάι Λάμα.

Καθώς επέστρεφα στο γραφείο, τηλεφώνησα στον Ντιούκ.

"Γεια σου", είπα, "μόλις έφυγα από το γραφείο του Εισαγγελέα με την Μπέκα και συνέβη κάτι ενδιαφέρον που σκέφτηκα ότι πρέπει να μάθεις".

"Δεν είναι παράξενη η ζωή; Έχω κι εγώ κάτι να σου πω. Πρώτα οι κυρίες".

Του περιέγραψα το παράξενο επεισόδιο που είχα παρακολουθήσει και τον ρώτησα τι πίστευε ότι σήμαινε.

"Λοιπόν, φαίνεται ότι το κορίτσι μας η Μπέκα αισθάνεται ενοχές για τα υπνωτικά χάπια στο μπουκάλι με τις ασπιρίνες. Αλλά ακούγεται επίσης σαν να εξεπλάγη όταν το άκουσε. Θα έλεγα ότι αυτά είναι καλά νέα, εκτός από το άλλο πράγμα, το μπλακ-άουτ της. Νομίζω ότι είναι πιθανό να είναι η δολοφόνος, αλλά να μη θυμάται τίποτα!".

"Αλλά πότε θα είχε την ευκαιρία να σκοτώσει τον Τζο;"

"Αυτό θα σου έλεγα κι εγώ, Τζέιμι. Πήγα στο σπίτι του Τζο, το οποίο είναι ένα φανταχτερό διαμέρισμα με κάθε είδους ασφάλεια και έναν φρουρό να κάθεται στο λόμπι για να ελέγχει τους επισκέπτες. Εγώ και αυτός αρχίσαμε να μιλάμε, ξέρεις πώς γίνεται, και μου δείχνει τη λίστα με τους επισκέπτες του

Τζο. Αποδείχτηκε ότι ο Τσάρλι Σαντόρο επισκέφτηκε τον Τζο την ημέρα που πέθανε. Αλλά το πιο ενδιαφέρον ήταν ο άλλος επισκέπτης, μια γυναίκα. Σύμφωνα με τον φύλακα, η ίδια αυτή γυναίκα επισκεπτόταν κάθε Πέμπτη πρωί και έμενε για λίγο, αν με πιάνεις".

"Ουάου! Πώς την έλεγαν;"

"Θα σου αρέσει αυτό - είπε ότι την λένε *Τζέιμι Κουίν!*"

"Τι στο διάολο; Αστειεύεσαι, έτσι;"

"Μακάρι να ήμουν, αγάπη μου. Του ζήτησα να περιγράψει αυτή τη μυστηριώδη κυρία και δεν μου φάνηκε καθόλου σαν εσένα".

"Φυσικά και δεν ήμουν εγώ!" Ήμουν έξαλλη που κάποιος χρησιμοποίησε το όνομά μου με αυτόν τον τρόπο.

Ο Ντιούκ γέλασε. "Είσαι αστείος όταν είσαι θυμωμένος".

"Έλα, Δούκα, με σκοτώνεις. Ποια ήταν αυτή;"

"Λυπάμαι που στο λέω αυτό, Τζέιμι, πραγματικά λυπάμαι, αλλά ήταν η Μπέκα."

ΚΕΦΑΛΑΙΟ 26

Έμεινα άναυδη από δυσπιστία - η Μπέκα και ο Τζο κοιμόντουσαν μαζί! Δεν μπορούσα να το ξεπεράσω.

"Μιλήστε για τη σχέση αγάπης/μίσους σας", είπα.

"Δεν μπορείς να καταλάβεις τους ανθρώπους", είπε ο Ντιούκ, "γι' αυτό σταμάτησα να προσπαθώ εδώ και πολύ καιρό. Ένα πράγμα είναι αλήθεια όμως, όταν πρόκειται για σεξ ή χρήματα, όλα τα στοιχήματα είναι εκτός".

Είχα παρκάρει στο γραφείο μου, αλλά έμεινα στο αυτοκίνητο. Το μυαλό μου έτρεχε.

"Ξέρουμε γιατί ο Τσάρλι πήγε εκεί, γιατί μου είπε ότι δεν είχε δει τον Τζο."

"Ναι, ο φύλακας είπε ότι έφερε ένα σωρό παιδικά πράγματα και τα έδωσε στον Τζο στο λόμπι. Δεν ανέβηκε στο διαμέρισμα του Τζο", είπε ο Ντουκ.

"Αυτά πρέπει να ήταν πράγματα για την επίσκεψη της Παρασκευής με τα παιδιά, αλλά και πάλι είπε ψέματα γι' αυτό. Και, από όσα λες, φαίνεται ότι η Μπέκα είχε πολλές ευκαιρίες να κρύψει ένα μπουκάλι ασπιρίνες γεμάτο Ambien στο σπίτι του Τζο".

"Ναι."

"Αλλά τότε γιατί ήταν τόσο αναστατωμένη όταν ο Νικ ρώτησε για το μπουκάλι με την ασπιρίνη;" Ρώτησα.

"Ένοχη συνείδηση; Απλά μαντεύω."

Ομολόγησα στον Ντιούκ ότι δεν ήξερα τι να κάνω στη συνέχεια. Η Μπέκα ήταν πελάτισσά μου και είχα ηθική υποχρέωση να μην ενεργήσω ενάντια στο συμφέρον της. Αλλά, με τον τρόπο που ένιωθα τώρα γι' αυτήν, η μόνη μου επιλογή ήταν να αποσυρθώ από την υπόθεση και να κόψω κάθε δεσμό. Θα έλεγα ότι είχαμε ασυμβίβαστες διαφορές, σίγουρα.

"Λοιπόν", είπε ο Ντιούκ, "ελπίζω να μην σας πειράζει αν μείνω στην υπόθεση. Προσλήφθηκα για να βρω στοιχεία που θα μπορούσαν να απαλλάξουν την Μπέκα και δεν έχω τελειώσει με το ψάξιμο. Δεν έχω κερδίσει ακόμα τα χρήματά μου, αυτό θέλω να πω".

"Φυσικά και πρέπει να παραμείνεις. Και είμαι σίγουρος ότι η Σούζαν Ντόιλ θα εξακολουθήσει να συμφωνεί να εκπροσωπήσει την Μπέκα, αν και όταν απαγγελθούν κατηγορίες. Χριστέ μου, αν εκπροσωπούσε μόνο αθώους ανθρώπους, θα έπρεπε να κλείσει τις πόρτες της. Ξέρεις, Δούκα, η Σούζαν θα μπορούσε να είναι μια μεγάλη πηγή δουλειάς για σένα. Ζήτησε συγκεκριμένα να αναλάβεις εσύ αυτή την υπόθεση".

"Αλήθεια; Αλληλούια γι' αυτό!"

"Μια συμβουλή;"

"Ναι, τι;"

"Μην της την πέσεις και μην την αφήσεις να μάθει ότι κάνεις όλες τις δουλειές σου από ένα μπαρ", αστειεύτηκα.

"Σ' έπιασα!" Γέλασε. "Και ευχαριστώ για τη δουλειά. Το ήξερα ότι μια μέρα θα με σύστηνες σε όλες τις καυτές δικηγόρους της πόλης".

"Αντίο, Δούκα. Και καλή τύχη."

"Νομίζω ότι θα το χρειαστώ", είπε.

Ένιωθα απαίσια για την Μπέκα, και όχι επειδή μπορεί να είχε σκοτώσει τον άντρα της, αλλά επειδή είχα εξαπατηθεί. Είχα δουλέψει τόσο σκληρά γι' αυτήν, και όλο αυτό το διάστημα μου έλεγε ψέματα. Πραγματικά μισούσα να σκέφτομαι ότι ο Νικ είχε δίκιο, ότι παίρνω τα πράγματα πολύ προσωπικά και ότι η αίσθηση της συμπόνιας μου είναι εμπόδιο. Για να είμαι ειλικρινής, δεν ήξερα τι να σκεφτώ πια.

Πέρασα το υπόλοιπο απόγευμα σε ομίχλη, στο γραφείο μου, συντάσσοντας υπομνήματα, γράφοντας επιστολές και απαντώντας σε τηλεφωνήματα. Έφαγα ακόμη και στο γραφείο μου, παραγγέλνοντας φαγητό στο σπίτι αντί να ξαναβγώ έξω. Ανακουφίστηκα όταν είδα ότι είχα προγραμματίσει μια διαμεσολάβηση για την επόμενη ημέρα. Το να παίζω τον διαμεσολαβητή ήταν πραγματικά απολαυστικό, αφού ισοδυναμούσε με δημιουργική επίλυση προβλημάτων χωρίς να απαιτείται προετοιμασία. Ήταν πολύ ικανοποιητικό να βοηθάω ζευγάρια να επιλύουν τις διαφορές τους με πολιτισμένο τρόπο. Και όχι δολοφονώντας ο ένας τον άλλον.

ΚΕΦΑΛΑΙΟ 27

Το πρωί της Παρασκευής πέρασε γρήγορα-ήμουν τόσο απορροφημένη στη διαδικασία της διαμεσολάβησης. Αυτές οι συνεδρίες είναι εμπιστευτικές, οπότε δεν μπορώ να σας πω λεπτομέρειες, αλλά μπορώ να σας πω ότι όλα τα σημαντικά ζητήματα επιλύθηκαν μέσα στην πρώτη μισή ώρα. Και στη συνέχεια χρειάστηκαν άλλες πέντε ώρες για να επιλυθούν τα μικροπράγματα. Όπως λένε, ο διάβολος κρύβεται στις λεπτομέρειες.

Υπάρχει πάντα ένα πράγμα που μπλοκάρει τη διαδικασία ακριβώς στο τέλος, και είναι κάτι που φαίνεται ηλίθιο στους υπόλοιπους από εμάς. Μια φορά ήταν μια συλλογή DVD, μια άλλη φορά ήταν ένας φούρνος μικροκυμάτων, αυτή τη φορά ήταν μια άρπα. Έχω συνειδητοποιήσει ότι δεν έχει σημασία το αντικείμενο, αλλά αυτό που αντιπροσωπεύει. Είναι ένα σύμβολο - της τελευταίας παραχώρησης που θα κάνουν ποτέ, της τελευταίας μάχης που θα δώσουν ποτέ, της τελευταίας σύνδεσης μεταξύ τους.

Απομακρυνόμενοι από αυτό το ασήμαντο αντικείμενο, πρέπει να αντιμετωπίσουν το τέλος του γάμου τους και όλες τις ελπίδες και τα όνειρα που κάποτε είχαν μαζί. Είναι δύσκολο.

Τώρα, ξέρω ότι δεν είναι χειρωνακτική εργασία, αλλά η διαμεσολάβηση μπορεί να είναι αρκετά εξαντλητική. Παρόλο που μου αρέσει, δεν θα μπορούσα να το κάνω κάθε μέρα. Γι' αυτό πέρασα το υπόλοιπο απόγευμα χαζεύοντας, σερφάροντας στο διαδίκτυο και συζητώντας με τους συναδέλφους μου στο γραφείο. Αποφάσισα να ψάξω για ιππασία, ώστε να προλάβω (χα χα) το μεγάλο ραντεβού μου με τον Κιπ, το οποίο απέμενε λιγότερο από είκοσι τέσσερις ώρες. Αυτό που έψαχνα ήταν συμβουλές για το πώς να το κάνω, αυτό που βρήκα ήταν αυτό:

Ο πιο συνηθισμένος τραυματισμός είναι η πτώση από το άλογο, ακολουθούμενος από κλωτσιές, ποδοπατήματα και δαγκώματα. Περίπου 3 στους 4 τραυματισμούς οφείλονται σε πτώση, με ευρεία έννοια. Ο ευρύς ορισμός της πτώσης συχνά περιλαμβάνει τη συντριβή και την εκτίναξη από το άλογο, αλλά όταν αναφέρεται χωριστά κάθε ένας από αυτούς τους μηχανισμούς μπορεί να είναι πιο συχνός από το κλωτσήματα.

Ευχαριστώ WiKιπedia!

Ξέρω ότι είπα ότι ήθελα να εγκαταλείψω τη ζώνη άνεσής μου, αλλά αυτό δεν ήταν ακριβώς αυτό που είχα στο μυαλό μου. Νόμιζα ότι είχε γίνει κατανοητό ότι δεν πρόκειται ποτέ να πηδήξω από ένα απόλυτα καλό αεροπλάνοδεν πρόκειται ποτέ να βουτήξω στον ωκεανό με ένα δοχείο οξυγόνου στην πλάτη μου μόνο και μόνο για να δω τα όμορφα ψάρια- και δεν πρόκειται ποτέ να πάω σε σαφάρι όπου μπορεί να με φάνε άγρια ζώα.

Είχα αρχίσει να φρικάρω, αλλά μετά, συγκρατήθηκα. Εξάλλου, δεν πήγαινα σε ροντέο, αλλά σε ένα πάρκο της κομητείας. Αν ήταν μια επικίνδυνη δραστηριότητα, δεν θα είχαν ιππασία εκεί. (Σκεφτείτε τα θέματα ευθύνης!) Και ήξερα ότι ο Κιπ θα με κρατούσε ασφαλή. Ήταν ο ναυαγοσώστης που είχε σώσει τα περισσότερα παιδιά από πνιγμό στο Castaway Island, οπότε, το να κρατήσει έναν ασυντόνιστο φίλο από το να πέσει από ένα άλογο θα ήταν εύκολο γι' αυτόν. Χαίρομαι που έχω μια λογική πλευρά, γιατί αν η δειλή, φοβισμένη πλευρά μου έπαιρνε ποτέ τα ηνία, θα περνούσα το υπόλοιπο της ζωής μου κρυμμένη κάτω από τα σκεπάσματα. Σοβαρά τώρα.

Είχα ραντεβού στις πέντε για πεντικιούρ (για να είναι όμορφα τα δάχτυλα των ποδιών μου πριν τα ποδοπατήσει το άλογο), και ετοιμαζόμουν να φύγω όταν τηλεφώνησε η Γκρέις.

"Γεια σου Γκρέισι, τι νέα;"

"Τζέιμι, μόλις μίλησα στο τηλέφωνο με τον φίλο μου στο Προξενείο και δεν θα το πιστέψεις. Ο πατέρας σου έχει μια εκκρεμή αίτηση βίζας για να έρθει στις ΗΠΑ! Εκκρεμεί εδώ και πάνω από δύο χρόνια, αλλά παρ' όλα αυτά, έχει μία".

"Αυτό είναι απίστευτο! Αλλά, πώς είναι

δυνατόν; Νόμιζα ότι μόνο ένας πολίτης των ΗΠΑ μπορεί να υποβάλει αίτηση για λογαριασμό των συγγενών του. Κάποιος θα έπρεπε να κάνει αίτηση εκ μέρους του... σωστά;"

"Κάποιος το έκανε, Τζέιμι".

"Ποιος ήταν;"

"Η σύζυγός του."

ΚΕΦΆΛΑΙΟ 28

Καθόμουν εκεί, κρατώντας το τηλέφωνο. Δεν ήξερα τι να πω. Ανησυχούσα τόσο πολύ για την αντίδραση του πατέρα μου όταν έμαθα ότι είχε κόρη, που δεν είχα σκεφτεί ότι μπορεί να είχε ήδη μια οικογένεια, μια οικογένεια που θα ήταν πλήρης χωρίς εμένα.

"Τζέιμι, γλυκιά μου; Είσαι εκεί;" ρώτησε η Γκρέις.

"Ναι, εδώ είμαι. Συγγνώμη, σκεφτόμουν."

"Λοιπόν, είναι μια μεγάλη έκπληξη, αλλά και πάλι είναι καλά νέα, σωστά;"

"Σίγουρα", είπα. "Είναι εξαιρετικά νέα."

"Υπάρχουν κι άλλα. Η γυναίκα του πατέρα σου ζει στο Μαϊάμι. Το όνομά της είναι Ana Maria Suarez, έχω τον αριθμό της. Μπορείς να της τηλεφωνήσεις."

"Χμ, δεν είμαι σίγουρος αν αυτό είναι σοφή ιδέα. Δεν θα ήθελα να χαλάσω τον γάμο του πατέρα μου πριν καν προλάβω να του μιλήσω".

"Σωστό επιχείρημα. Γιατί δεν το σκέφτεσαι και, εν τω μεταξύ, θα σου στείλω τα στοιχεία επικοινωνίας της. Εντάξει;"

"Εντάξει. Ευχαριστώ πολύ, Γκρέις!"

"Οτιδήποτε για σένα. Αν δεν είσαι απασχολημένος το επόμενο Σάββατο το πρωί, θέλεις να δουλέψουμε μαζί εθελοντικά σε μια τράπεζα τροφίμων;"

"Βεβαίως, φυσικά", είπα. Η Γκρέις ήταν τόσο καλή.

"Υπέροχα! Θα ρυθμίσουμε τις λεπτομέρειες την επόμενη εβδομάδα. Καλή διασκέδαση με τον Κιπ αύριο, θέλω μια πλήρη αναφορά, ακούς;"

Γέλασα. "Θα σας τηλεφωνήσω από τα επείγοντα".

"Τόσο αισιόδοξος", είπε η Γκρέις.

"Απλά ρεαλιστής."

Αφού κλείσαμε το τηλέφωνο, κάθισα στο γραφείο μου, χαμένος σε ονειροπόληση. Όλα είχαν γίνει τόσο περίπλοκα τελευταία, και τίποτα δεν ήταν αυτό που φαινόταν. Νόμιζα ότι η Μπέκα ήταν το θύμα, και τώρα φαινόταν ότι αυτή ήταν ο κακός. Νόμιζα ότι ο πατέρας μου με είχε εγκαταλείψει, και αποδείχτηκε ότι δεν ήξερε καν ότι υπήρχα. Είχα πιστέψει ότι θα μπορούσα να τον προσεγγίσω αν τον έβρισκα, και τώρα έπρεπε να σκεφτώ τα συναισθήματα της γυναίκας του. Νόμιζα ότι ίσως χρειαζόταν τη βοήθειά μου, αλλά τώρα φαινόταν ότι είχε τα πάντα υπό έλεγχο. Ίσως θα έπρεπε να σταματήσω να σκέφτομαι τόσο πολύ. Ίσως ήμουν απλώς κουρασμένη από τη διαμεσολάβηση. Ίσως ένα ωραίο, χαλαρωτικό πεντικιούρ ήταν αυτό που χρειαζόμουν.

Αποδείχθηκε ότι ήταν.

Ήταν Σάββατο πρωί και προσπαθούσα να αποφασίσω τι θα φορέσω για να πάω για ιππασία. Αφού εξέτασα τις περιορισμένες επιλογές που είχε να προσφέρει η ντουλάπα μου, επέλεξα ένα κοντομάνικο πουκάμισο, ένα τζιν και αθλητικά παπούτσια. Ήμουν πολύ νευρική και ενθουσιασμένη για να φάω, οπότε ήπια λίγο καφέ και έβαλα στην τσέπη μου μια μπάρα δημητριακών για αργότερα. Ήταν μόλις 11:30 και δεν θα συναντιόμασταν στο πάρκο πριν από τη μία, οπότε είχα λίγο χρόνο να σκοτώσω. Ξαφνικά θυμήθηκα ότι η κηδεία του Τζο είχε γίνει εκείνο το πρωί, πράγμα που με έκανε να σκεφτώ τα κοριτσάκια τους. Τα καημένα!

Το κινητό μου άρχισε να χτυπάει, γεγονός που με έβγαλε από τη μνήμη μου. Γιατί τηλεφωνούσε ο Ντιούκ; Είχαμε μιλήσει μόλις την προηγούμενη μέρα.

"Έχω μια ιστορία για σένα!" είπε, μόλις το σήκωσα.

"Γεια σου και σε σένα".

"Φίλε, Τζέιμι, ήταν φοβερή κηδεία!"

"*Πήγες στην κηδεία του Τζο;* Γιατί το έκανες αυτό;" Έμεινα άναυδος.

"Είμαι ερευνητής, έτσι δεν είναι; Όλοι οι φίλοι και οι συγγενείς του Τζο και της Μπέκα ήταν σε ένα μέρος... μπορείς να σκεφτείς έναν καλύτερο τρόπο για να πάρω απαντήσεις;"

"Υποθέτω ότι αυτό βγάζει νόημα με έναν περίεργο τρόπο. Το να εισβάλλω σε κηδείες μου φαίνεται λίγο υπερβολικό, αλλά, ε, γι' αυτό δεν είμαι ερευνητής".

"Λοιπόν, ακούστε αυτό, κουβεντιάζω με τους φίλους του Τζο πριν την τελετή -νομίζουν ότι είμαι ο ξάδερφός του από τη Λουιζιάνα- και μου λένε μερικά ενδιαφέροντα πράγματα..."

"Συνέχισε."

"Λένε ότι ο λόγος που χώρισαν η Μπέκα και ο Τζο ήταν ότι ο Τζο είχε βαρεθεί να παίρνει τα χάπια της. Της αρέσουν πολύ τα βοηθητικά της μητέρας της -Xanax, Valium, Ambien, ό,τι θέλετε. Ό,τι μπορούσε να πείσει τον γιατρό της να της δώσει".

"Αυτό θα εξηγούσε την τάση της να μετατρέπεται σε ζόμπι, αλλά γιατί είναι σημαντικό;"

"Θα σου πω γιατί, νεαρή μου κυρία. Γιατί ακόμα και όταν είπε στον Τζο ότι σταμάτησε τα χάπια, συνέχισε να τα παίρνει και δεν ήθελε να το μάθει".

"Λοιπόν;"

"Έτσι, τα έκρυβε σαν σκίουρος το χειμώνα. Νομίζω ότι ξέρω πού ήταν μια από τις κρυψώνες της... δες αν μπορείς να μαντέψεις".

"Όχι! Ένα μπουκάλι ασπιρίνης!"

"Μπίνγκο!"

"Έτσι, όταν ο Τζο γύρισε σπίτι του την Πέμπτη το βράδυ, αφού είχε πιει πολύ, πήρε δύο Ambien νομίζοντας ότι ήταν ασπιρίνες και δεν ξύπνησε ποτέ."

"Θεέ μου! Αλλά ακόμα δεν ξέρουμε πώς βρέθηκε εκεί το μπουκάλι."

"Όχι, δεν το κάνουμε."

"Ουάου! Έχω μείνει άναυδος από αυτό. Τι άλλο είπαν οι φίλοι του;" Ρώτησα.

"Λοιπόν, είπαν ότι ο φίλος Τσάρλι είχε μια αλκοολική μητέρα και ότι έπρεπε πάντα να μαζεύει τα κομμάτια μετά από αυτήν".

"Αυτό εξηγεί πολλά. Είναι συν-εξαρτημένος - γι' αυτό φροντίζει την Μπέκα και δεν παραπονιέται ποτέ. "

"Ναι. Τώρα, ρώτα με τι συνέβη μετά". είπε ο Ντιούκ, ξαφνικά σοβαρός.

"Τι συνέβη μετά;"

"Η Μπέκα τρελάθηκε - ούρλιαζε και έκλαιγε και συνέχιζε, χωρίς να βγάζει νόημα, και μετά κατέρρευσε και κάποιος κάλεσε το 100. Όταν έφτασαν εκεί οι νοσοκόμοι, τρελάθηκε πάλι. Έπρεπε να την ναρκώσουν για να την βάλουν στο ασθενοφόρο. κουσα ότι θα την έκαναν Baker Act, ό,τι κι αν είναι αυτό. "

"Πρόκειται για μια ακούσια ψυχολογική αξιολόγηση, όπου μπορούν να σε κρατήσουν μέχρι και 72 ώρες. Τι νομίζεις ότι της συμβαίνει, είναι ενοχές ή θλίψη; "

"Δεν μπορώ να πω. Θα μπορούσε επίσης να είναι ψυχικά προβλήματα ή κατάχρηση ναρκωτικών. Ή όλα τα παραπάνω. "

"Τι ακαταστασία! Λοιπόν, πού είναι τα παιδιά της τώρα;" Ρώτησα.

"Πήγαν σπίτι με τους γονείς του Τζο. Τηλεφώνησα ήδη στη Σούζαν Ντόιλ και της είπα τι συνέβη. Μου ζήτησε να συνεχίσω να ψάχνω, να προσπαθήσω να βρω πώς κατέληξε το μπουκάλι με την ασπιρίνη στο σπίτι του Τζο. "

"Είναι λογικό. Μακάρι να μπορούσα να

είμαι εκεί όταν ο Νικ ακούσει ότι ο κύριος ύποπτος του είναι στο ψυχιατρείο! Είμαι άρρωστος άνθρωπος, έτσι δεν είναι; Μην απαντάς σε αυτό. Τέλος πάντων, Δούκα, σίγουρα κερδίζεις τα χρήματά σου, συνέχισε την καλή δουλειά. "

"Ευχαριστώ, αγάπη μου. Το εκτιμώ. Λοιπόν, τι κάνεις αυτή την όμορφη μέρα;"

"Είτε το πιστεύετε είτε όχι, θα πάω για ιππασία. Έχω ραντεβού".

ΚΕΦΑΛΑΙΟ 29

Αν και το πάρκο T.Y. είναι ένα από τα αγαπημένα μου πάρκα, το πάρκο Tradewinds είναι πραγματικά το στολίδι στο στέμμα. Με σχεδόν πενταπλάσιο μέγεθος από το T.Y., είναι ένα από τα μεγαλύτερα πάρκα της κομητείας Broward και έχει τα περισσότερα να προσφέρει. Εκτός από τις συνηθισμένες παιδικές χαρές, τα καταφύγια και το ψάρεμα, το Tradewinds διαθέτει ένα ατμοκίνητο τρένο-μοντέλο, μια πίστα ιπτάμενου δισκογκολφ, ένα εκπαιδευτικό αγρόκτημα και το *Butterfly World*, έναν τροπικό κήπο με χιλιάδες ζωντανές πεταλούδες, ένα μουσείο εντόμων, μια συνάντηση με λορικέτ, βοτανικούς κήπους και διάφορα πτηνοτροφεία, συμπεριλαμβανομένου του μεγαλύτερου πτηνοτροφείου κολιμπρί ελεύθερης πτήσης στη χώρα. Και, ας μην ξεχνάμε τους στάβλους αλόγων, όπου τώρα κατευθυνόμουν.

Ήμουν ενθουσιασμένη που θα έβλεπα τον Κιπ, αλλά ανησυχούσα ότι θα ήταν άβολα μετά από τόσα χρόνια. Ενώ ήμασταν ακόμα εκείνοι οι έφηβοι που είχαν ερωτευτεί, την ίδια στιγμή, ήμασταν ξένοι. Είναι πιο δύσκολο όταν έχεις μια κοινή ιστορία, γιατί δεν είσαι οι ίδιοι άνθρωποι που ήσουν, όσο κι αν το εύχεσαι. Βγάζει νόημα αυτό;

Αλλά όλα αυτά έφυγαν από το παράθυρο τη στιγμή που είδα τον Κιπ να στέκεται δίπλα στους στάβλους, με τον άνεμο να παίζει με τα μαλλιά του καθώς χάιδευε τη χαίτη ενός πανέμορφου μαύρου αλόγου. Φορούσε ένα φθαρμένο τζιν, μπότες με χαμηλό κόψιμο και ένα μπλουζάκι των Rolling Stones, το ίδιο πουκάμισο που είχε αγοράσει όταν με πήγε να δω τους Stones στο Μαϊάμι πριν από τόσα χρόνια. Περάσαμε τόσο καλά σε εκείνη τη συναυλία! Τι λες γι' αυτό Κιπ; Ήδη με κέρδιζε και δεν είχε καν χαιρετήσει.

Όταν με είδε, μου χάρισε ένα πλατύ χαμόγελο.

"Γεια σου, Τζέιμι. Τι κάνεις; Είσαι έτοιμος να σκίσεις τα μονοπάτια;"

"Είμαι έτοιμος να σκίσω κάτι". Είπα γελώντας.

"Εντάξει, ας ξεκινήσουμε. Θα θέλατε να γνωρίσετε το άλογό σας; Αυτή είναι η Σταρ. Είναι πολύ ευγενική και γνωρίζει το μονοπάτι από την αρχή μέχρι το τέλος".

"Πώς θα κάνω φιλίες μαζί της, θα την δωροδοκήσω με φαγητό; Η σοκολάτα συνήθως λειτουργεί για μένα."

Ο Κιπ χαμογέλασε και τα καστανά του μάτια φωτίστηκαν. "Θα πρέπει να το θυμάμαι αυτό. Τώρα, κάπως έτσι συστήνεσαι σε ένα άλογο. Λέγεται η "χειραψία του ιππέα".

Προσφέρετε της το πίσω μέρος του χεριού σας για να μυρίσει και μετά χαϊδέψτε την στη μύτη ή στο κεφάλι".

Πλησίασα το άλογο νευρικά (φυσικά) και έκανα ό,τι μου είπε ο Κιπ. Μόλις ακούμπησε τη μύτη της στο χέρι μου, ένιωσα να χαλαρώνω. Στη συνέχεια, ο Κιπ ανέλυσε τα βασικά: πώς να καβαλήσεις ένα άλογο- πού να βάλεις τα πόδια σου στους αναβολείς (μόνο στο ένα τρίτο της διαδρομής, ώστε να μην κολλήσεις σε περίπτωση πτώσης!), πώς να κρατάς τα χαλινάρια (όχι πολύ χαλαρά)- και πώς να κάθεσαι στη σέλα (ο ώμος, ο γοφός και η φτέρνα σου πρέπει να είναι ευθυγραμμισμένα). Εξήγησε ότι για να κάνετε το άλογό σας να προχωρήσει μπροστά, πιέζετε με τις γάμπες σας, και για να κάνετε το άλογό σας να σταματήσει ή να επιβραδύνει, κάθεστε βαθιά στη σέλα και ασκείτε πίεση με τα χαλινάρια. Μπορείτε επίσης να πείτε "ουάου" (αυτό το κομμάτι το ήξερα). Για να στρέψετε το άλογό σας, τραβάτε το αριστερό ή το δεξί χαλινάρι προς το πλάι και ασκείτε πίεση με το εξωτερικό σας πόδι.

"Αυτά είναι όλα όσα πρέπει να ξέρω;" Ρώτησα. Το στομάχι μου ήταν γεμάτο πεταλούδες, και όχι από αυτές που είχαν στον Κόσμο των Πεταλούδων.

"Και κάτι ακόμα", είπε ο Κιπ. "Μην ξεχάσεις να αναπνέεις, Τζέιμι, αλλιώς θα λιποθυμήσεις και θα πέσεις από το άλογο!" Έβαλε το χέρι του γύρω από τους ώμους μου και με έσφιξε.

Αυτό με έκανε να νιώσω πολύ καλύτερα.

Και δεν μπόρεσα να μην παρατηρήσω ότι ο Κιπ μύριζε τόσο υπέροχα όσο θυμόμουν.

"Μου αρέσει μια φράση του Thornton Wilder", είπε ο Κιπ. *"Όταν είσαι ασφαλής στο σπίτι, εύχεσαι να είχες μια περιπέτεια- όταν έχεις μια περιπέτεια εύχεσαι να ήσουν ασφαλής στο σπίτι."*

Γέλασα. "Το λατρεύω! Ακριβώς έτσι νιώθω κι εγώ".

Εξασκήθηκα στο να ανεβαίνω και να κατεβαίνω από το άλογο και έκανα τις ασκήσεις για το πώς να πηγαίνω, να σταματάω, να επιβραδύνω και να οδηγώ. Στη συνέχεια περίμενα με την Star όσο ο Κιπ πήγαινε στο στάβλο να πάρει το άλογό του, ένα εντυπωσιακό κοκκινωπό-καφέ πουλάρι που το έλεγαν Webster. Ο Γουέμπστερ φαινόταν λίγο πιο ζωηρός από τον Σταρ, σαν να ανυπομονούσε να βγει στο μονοπάτι. Με άλλα λόγια, το τέλειο άλογο για τον Κιπ.

Χρειάστηκε μια ώρα για να ολοκληρώσουμε το μονοπάτι που περνούσε μέσα από μια σκιερή, δασώδη περιοχή. Περιβαλλόμασταν και από τις δύο πλευρές από ζωντανές βελανιδιές, μαόνι και δέντρα gumbo limbo, με τον κόκκινο, ξεφλουδισμένο φλοιό τους. Δεν είναι περίεργο που τα αποκαλούσαν "τουριστικά δέντρα". Μερικά από τα δέντρα ήταν θαμμένα κάτω από ελικοειδή κλήματα από στραγγαλιστικά σύκα που τα έπνιγαν κυριολεκτικά μέχρι θανάτου. Έμοιαζαν σουρεαλιστικά, σαν ένα παράξενο έργο μοντέρνας τέχνης.

Το αγαπημένο μου φυτό ήταν μακράν ο

άγριος καφές, ο οποίος φαινόταν να υπάρχει παντού. Ακόμα κι αν δεν είχαμε δει τα χαρακτηριστικά κόκκινα μούρα και τα γυαλιστερά φύλλα τους μέσα στους θάμνους, δεν θα μπορούσαμε να χάσουμε το υπέροχο άρωμα του καφέ που μας ακολουθούσε στο μονοπάτι. Ο Κιπ μου είπε ότι η λατινική ονομασία του άγριου καφέ είναι *Psychotria nervosa* και ότι τα πουλιά και τα άγρια ζώα αρέσκονται να τρώνε τα μούρα του. Αυτό με έκανε να ξεκαρδιστώ. Είπα ότι θα ήθελα πολύ να δω κάποια άγρια ζωή με υπερβολική καφεΐνη.

Γέλασε. "Αν νομίζεις ότι αυτό είναι αστείο, πρέπει να πας στον Κόσμο των Πεταλούδων και να δεις τις μεθυσμένες πεταλούδες".

"Κιπ, τα βγάζεις από το μυαλό σου!"

"Δεν θα έλεγα ποτέ ψέματα για τις μεθυσμένες πεταλούδες! Αυτά τα τρελά πράγματα αφήνουν τον καρπό τους μέχρι να ζυμωθεί, και μετά τον τρώνε και πετάνε μεθυσμένες. Είναι ξεκαρδιστικό! Ευτυχώς, δεν υπάρχουν αρπακτικά μέσα στον Κήπο με τις πεταλούδες, αλλιώς θα ήταν χαμένες."

Ίσως αναρωτιέστε γιατί δεν έχω μιλήσει ακόμα για την πραγματική ιππασία. Επειδή ήταν χαλαρωτική και εύκολη, και καθόλου τρομακτική. Δεν θα μπορούσα να ζητήσω καλύτερο άλογο από τον Σταρ. Ή καλύτερο οδηγό από τον Κιπ. Καθώς περπατούσαμε, ενημερώναμε ο ένας τον άλλον για τους ανθρώπους που γνωρίζαμε κάποτε, τις δουλειές μας και τις οικογένειές μας. Ο Κιπ ήταν πολύ στεναχωρημένος όταν άκουσε ότι η μητέρα μου είχε πεθάνει- οι δυο τους τα πήγαιναν τόσο καλά. Ευτυχώς, οι γονείς του Κιπ ήταν ζωντανοί και καλά, ζούσαν στο Σακραμέντο όπου είχαν μια εταιρεία ιατρικού εξοπλισμού. Ο μεγαλύτερος αδελφός του, ο Τσακ, ήταν στη Νέα Υόρκη, διευθύνοντας μια θεατρική εταιρεία εκτός Μπρόντγουεϊ. Δεν είπα στον Κιπ για την αναζήτησή μου για τον πατέρα μου- μου φάνηκε υπερβολικό για ένα πρώτο ραντεβού.

Πλησιάζαμε στο τέλος του μονοπατιού όταν ο Κιπ μου έριξε ένα βλέμμα που έλεγε ότι δεν είχε τίποτα καλό στο μυαλό του. Φώναξε, "Κρατήσου, Τζέιμι!" και μετά χτύπησε την Σταρ από πίσω. Άρχισε να επιταχύνει το ρυθμό της και πριν καταλάβω τι είχε συμβεί, πετούσαμε και οι δύο στο μονοπάτι. Ήταν τρομακτικό! Αλλά και συναρπαστικό και διασκεδαστικό. Τα άλογα σταμάτησαν μόνα τους στο τέλος του μονοπατιού. Μέχρι τότε, ήμουν λαχανιασμένη και δεν πίστευα ότι ο πισινός μου θα συνέλθει ποτέ από αυτή τη μελανιασμένη σέλα.

"Θα σε σκοτώσω, Κιπ!" Γέλασα, "Αν ποτέ καταλάβω πώς να κατέβω από αυτό το άλογο".

Γελούσε τόσο δυνατά. "Αυτό δεν μου δίνει και πολλά κίνητρα για να σε βοηθήσω, έτσι δεν είναι;"

Αφού με βοήθησε να κατέβω, με τράβηξε στην αγκαλιά του και με φίλησε. Του ανταπέδωσα κι εγώ ένα.

"Έχει πλάκα να ψάχνουμε πάρκα μαζί σου", είπε, καθώς μου χάιδευε τα μαλλιά.

"Χαίρομαι που το σκέφτηκες", συμφώνησα, χαμογελώντας. Ναι, ήμουν *πολύ* χαρούμενη.

"Τι λες να πάμε μαζί στο πάρκο Quiet Waters το επόμενο Σάββατο;"

Το Quiet Waters ακουγόταν αρκετά ήρεμο, οπότε είπα ότι θα το ήθελα πολύ. Τότε με κοίταξε πάλι με αυτό το βλέμμα και κατάλαβα ότι είχα μπλέξει.

"Εξαιρετικά! Μπορούμε να δοκιμάσουμε το σκι rixen."

"Δεν είμαι σίγουρος ότι μου αρέσει αυτό που ακούγεται. Τι είναι το σκι ριξέν;"

"Στέκεσαι πάνω σε θαλάσσια σκι και ένα καλώδιο σε τραβάει γύρω από μια διαδρομή ενός μιλίου. Υπάρχουν άλματα και τσουλήθρες που μπορείς να κάνεις κατά μήκος της διαδρομής. Είναι μια έκρηξη! Πίστεψέ με, Τζέιμι, θα το λατρέψεις!"

Υποθέτω ότι θα πρέπει να τον εμπιστευτώ.

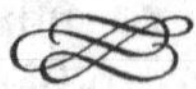

ΚΕΦΑΛΑΙΟ 30

Ήμουν στα ύψη μετά το ραντεβού μου με τον Κιπ, τόσο πολύ που δεν με πείραζε καθόλου που δεν μπορούσα να κοιμηθώ. Το να μην κοιμάμαι είναι μέρος του εαυτού μου, δυστυχώς, αλλά εκείνο το βράδυ μου έδωσε την ευκαιρία να ξαναζήσω τον χρόνο που περάσαμε μαζί, αναλύοντας κάθε λέξη και χειρονομία. Δεν μπορούσα να σταματήσω να χαμογελάω. Ήταν απίστευτο ότι θα τον συναντούσα τυχαία τη μία μέρα που αποφάσισα να γυμναστώ, και ακόμα πιο απίστευτο ότι θα μου ζητούσε να βγούμε. Η Oprah συνιστά να κρατάμε ημερολόγιο ευγνωμοσύνης και πάντα ήθελα να ξεκινήσω ένα. Τώρα, ξέρω ακριβώς τι θα έγραφα σε αυτό.

Η αϋπνία μου έδωσε επίσης χρόνο να σκεφτώ τον πατέρα μου. Ήμουν τόσο κοντά στο να τον βρω, αλλά δεν μπορούσα να επικοινωνήσω με τη γυναίκα του. Έπρεπε να περνάει ήδη τόσα πολλά, με εκείνον στη Νικαράγουα και εκείνη εδώ, και να πρέπει να παλέψει για μια βίζα για να τον φέρει στις Η.Π.Α. Το τελευταίο πράγμα που χρειαζόταν ήταν μια γυναίκα που ισχυριζόταν ότι ήταν η χαμένη κόρη του για να της προσθέσει κι άλλα προβλήματα. Θα έπρεπε να τον βρω μόνος μου - καλά, με τη βοήθεια της Γκρέις - αλλά όχι μέσω της γυναίκας του. Δεν μου φαινόταν σωστό.

Ευτυχώς, ήταν Κυριακή, οπότε μπορούσα να κοιμηθώ. Είχα προγραμματίσει ένα χαλαρό δεκατιανό, ακολουθούμενο από έντονο καθάρισμα του σπιτιού. Για ένα μικρό σπίτι, σίγουρα είχε συσσωρευτεί πολλή βρωμιά, για να μην αναφέρω τις τρίχες της γάτας. Σηκώθηκα από το κρεβάτι γύρω στο μεσημέρι και έφτιαξα καφέ. Ήμουν έτοιμη να κάνω ομελέτα και να ετοιμάσω τυρί με πλιγούρι, όταν τηλεφώνησε η Γκρέις.

"Πες μου τα πάντα", απαίτησε.

"Δεν έχει "καλημέρα"; Τι θα έλεγε η Μις Καλοί Τρόποι;; "

"Μου έλεγε: "Είναι απόγευμα, πριγκίπισσα, ώρα να σηκωθείς"".

"'Ει, είμαι ξύπνια εδώ και δέκα λεπτά".

"Τέλος πάντων. Πώς ήταν το ραντεβού σου; Δεν πέρασες τη νύχτα στα επείγοντα, υποθέτω. Πέρασες κάπου πιο ενδιαφέροντα; Πες μου. "

"Όχι, Γκρέις", είπα, καθώς έβραζα το νερό για το πλιγούρι μου. "Ήμουν σπίτι χθες το βράδυ, αν και είχα παρέα στο κρεβάτι. Δυστυχώς, ήταν μόνο η γάτα".

"Λοιπόν, διασκεδάσατε; Έκλεισες κι άλλο ραντεβού; Έλα, Τζέιμι, με σκοτώνεις! "

Γέλασα. "Ναι και ναι. Πέρασα

καταπληκτικά και θα ξαναβγούμε το επόμενο Σάββατο. Ο Κιπ είναι πραγματικά υπέροχος". Δίστασα.

"Ακούω ένα 'αλλά' να έρχεται", είπε η Γκρέις.

"Λοιπόν, είναι απλά ότι... πώς να το πω; Αυτός είναι τόσο ενδιαφέρων και εγώ είμαι τόσο βαρετή! Ο Κιπ είναι σαν τον 'Κύριο Περιπέτεια', πάντα ψάχνει ένα βουνό για να ανέβει, ενώ εγώ χαίρομαι που περνάω τη μέρα μου στο Barnes and Noble. Θα το καταλάβει πολύ σύντομα."

Η Γκρέις άρχισε να γελάει τόσο δυνατά, που αναγκάστηκε να αφήσει το τηλέφωνο κάτω. "Τζέιμι, γλυκιά μου, αν δεν το κατάλαβε χθες, δεν πρόκειται να το καταλάβει ποτέ".

"Κατάλαβες ότι είμαι βαρετή;" Αισθανόμουν λίγο προσβεβλημένη, παρόλο που το είχα πει πρώτη.

"Όχι, ότι είσαι το αντίθετο της περιπετειώδους".

"Μάλλον έχεις δίκιο", είπα. "Δεν μπορώ να κρύψω τον πραγματικό μου εαυτό. Αλλά το επόμενο Σάββατο θα πάμε σε ένα άλλο πάρκο, αυτή τη φορά για θαλάσσιο σκι!"

Η Γκρέις γέλασε. "Σίγουρα χρειάζομαι φωτογραφίες από αυτό. Ίσως στο επόμενο ραντεβού σας, μπορείτε να τον πάτε στο Barnes and Noble".

"Πολύ αστείο. Νομίζεις ότι μπορώ να μάθω να κάνω θαλάσσιο σκι παρακολουθώντας το YouTube; Αν όχι, έχω πρόβλημα. Σοβαρά."

"Θα είσαι μια χαρά, εγώ είμαι αυτή που έχει

πρόβλημα. Έχω αύριο μια μεγάλη δίκη. Νομίζω ότι είμαι έτοιμη, αλλά ποιος ξέρει;"

"Απλά χρησιμοποιήστε τη "φωνή της λογικής" σας και ο δικαστής θα πρέπει να αποφασίσει για εσάς". Τελείωσα την ομελέτα και μετά πασπάλισα τυρί στο πλιγούρι.

"Είναι μια δίκη ενόρκων και ο πελάτης μου είναι τόσο αντιπαθητικός, που όλοι τον μισούν. Συμπεριλαμβανομένου και εμού. Μακάρι να μην χρειαζόταν να τον βάλω στο εδώλιο".

"Λοιπόν, άκου τι θα έκανα εγώ. Να τον βάλω στο εδώλιο αμέσως και να τελειώνουμε. Στη συνέχεια, τελειώστε με τον πιο γοητευτικό μάρτυρά σας και οι ένορκοι θα τον ξεχάσουν τελείως. Η πρώτη εντύπωση δεν έχει τόση σημασία όσο η τελευταία".

"Μου αρέσει!" είπε η Γκρέις. "Τώρα πρέπει να βρω έναν γοητευτικό μάρτυρα".

Πριν κλείσουμε το τηλέφωνο, της ευχήθηκα καλή τύχη. Είπε ότι αν δεν είχα νέα της μετά τη δίκη, αυτό σήμαινε ότι έχασε και ότι θα ξανασκεφτόταν τις επαγγελματικές της επιλογές. Όπως, ίσως να μετακόμιζε στην Αλάσκα και να προπονείτο για το Iditarod.

Έφαγα το δεκατιανό μου στην αυλή, απολαμβάνοντας τη μεσημεριανή ζέστη αλλά και το ελαφρύ αεράκι που παρέπεμπε σε φθινόπωρο. Οι αλλαγές του καιρού είναι ανεπαίσθητες στη νότια Φλόριντα, αλλά εμείς τις εκτιμούμε- σε αντίθεση με τους τουρίστες, που νομίζουν ότι εδώ είναι καλοκαίρι όλο το χρόνο. Ένα άλλο πλεονέκτημα του να κάθομαι έξω ήταν ότι μπορούσα να αγνοήσω το βρώμικο σπίτι μου ή να προσποιηθώ ότι ήταν κάποιου άλλου.

Το τηλέφωνό μου χτύπησε με ένα γραπτό μήνυμα και προσπάθησα να μην το κοιτάξω. Μακάρι να μπορούσα να κόψω τη συνήθεια του τηλεφώνου, αλλά δεν μπορώ - είμαι εντελώς εθισμένος. Αν υπήρχε κάποιο πρόγραμμα δώδεκα βημάτων, θα σκεφτόμουν να το κάνω, αλλά, ειλικρινά, προτιμώ να κόψω τη σοκολάτα παρά το τηλέφωνό μου. Περίμενα είκοσι ολόκληρα δευτερόλεπτα πριν λυγίσω και διαβάσω το μήνυμα. Ήταν από τον Ντιούκ.

*Είσαι ακόμα σε ραντεβού, αγάπη μου;
Πήγαινε, κορίτσι μου!*

Αν ήμουν σε ραντεβού, πιστεύεις ότι θα σου έστελνα μήνυμα;

Βέβαια, αν χρειάζεσαι τη συμβουλή του ειδικού μου.

Δεν πρόκειται να συμβεί ποτέ.

Εντάξει, αλλά αυτή η προσφορά δεν λήγει. Ξέρεις πού είναι ο Τσάρλι Σαντόρο; Δεν μπορώ να τον βρω.

Δεν έχω ιδέα. Στο σπίτι της Μπέκα; Έστειλα μήνυμα.

Όχι, είναι ακόμα στο ψυχιατρείο. Και ο Τσάρλι δεν απαντάει στο τηλέφωνό του.

Μακάρι να μπορούσα να σε βοηθήσω, Δούκα.

Κι εγώ το ίδιο. Έχω την αίσθηση ότι ξέρει περισσότερα απ' όσα λέει.

Μπορεί να έχεις δίκιο.

Πάντα έτσι δεν είμαι;

Είσαι ένας θρύλος στο μυαλό σου. Πρέπει να φύγω τώρα.

Αντίο, κυρία Esquire.

Ο Ντιούκ είχε δίκιο - αν κάποιος ήξερε πώς το μπουκάλι με την ασπιρίνη κατέληξε στο σπίτι του Τζο, ήταν μάλλον ο Τσάρλι. Δεδομένου ότι ζούσε στης Μπέκα τους τελευταίους μήνες, αναρωτιόμουν πού θα μπορούσε να είχε πάει, αλλά δεν ήταν πια δικό μου πρόβλημα. Αυτό που *ήταν* δικό μου πρόβλημα ήταν ένα σπίτι που χρειαζόταν απεγνωσμένα καθάρισμα.

Ήμουν έτοιμη να βγάλω τη σφουγγαρίστρα και την ηλεκτρική σκούπα, όταν ήρθε η γειτόνισσά μου Sandy και με κάλεσε να πάμε στην αγορά του Yellow Green Farmer's Market. Η σκέψη των φρέσκων προϊόντων, των εξωτικών χυμών, του περιπτέρου με τα τυριά των Άμις (με δωρεάν δείγματα!) και της ζωντανής απαλής μουσικής ήταν υπερβολική για να αντισταθώ. Έκλεισα την πόρτα του βρώμικου σπιτιού μου και ήταν εκτός οπτικού πεδίου, εκτός μυαλού για το υπόλοιπο της ημέρας.

ΚΕΦΑΛΑΙΟ 31

Το πρωί της Δευτέρας με βρήκε πίσω στη δουλειά, αλλά όχι ακριβώς να δουλεύω. Ξεκίνησα αργά - σερφάροντας στο διαδίκτυο, διαβάζοντας τις ειδήσεις, ελέγχοντας το Facebook - βασικά, οτιδήποτε μπορούσα να κάνω για να αποφύγω τη δουλειά. Είμαι αυθεντία στην αναβλητικότητα, αλλά, όπως κάθε επίκτητη δεξιότητα, μου πήρε χρόνια εξάσκησης.

Απολάμβανα την πρωινή μου μοναξιά όταν η Λίζα εισέβαλε στο γραφείο μου, φανερά ταραγμένη.

"Τζέιμι, υπάρχει ένας τρελός άστεγος στο λόμπι και δεν φεύγει! Είπε ότι πρέπει να σου μιλήσει. Τι πρέπει να κάνω; Να καλέσω την αστυνομία;"

"Δεν πειράζει, Λίζα, θα πάω να δω τι θέλει. Γιατί δεν περιμένεις εδώ; "

Ήμουν λίγο νευρική, το παραδέχομαι. Το να είσαι δικηγόρος διαζυγίων δεν είναι και η ασφαλέστερη δουλειά στον κόσμο, ειδικά αν σκεφτείς ότι δύο συνάδελφοί μου είχαν σκοτωθεί από εξαγριωμένους διαδίκους τα τελευταία χρόνια. Υπάρχει λόγος που είχαν εγκατασταθεί ανιχνευτές μετάλλων σε κάθε δικαστήριο, ήταν απαραίτητο.

Κοίταξα στο λόμπι και είδα έναν ατημέλητο νεαρό να πηγαινοέρχεται, σαν να μην μπορούσε να σταθεί ακίνητος. Δεν τον αναγνώρισα μέχρι που γύρισε προς το μέρος μου.

"Τσάρλι; Θεέ μου, τι σου συνέβη; "

Σταμάτησε να περπατάει, αλλά είχε ακόμα ένα άγριο βλέμμα στα μάτια του.

"Πρέπει να σου μιλήσω. Σε παρακαλώ, μπορώ να σου μιλήσω;"

"Βεβαίως, Τσάρλι, αλλά τι θα έλεγες να σου φέρω πρώτα ένα μπουκάλι νερό και ένα σνακ; Ίσως λίγο καφέ;"

Κούνησε το κεφάλι του.

"Τότε γιατί δεν καθόμαστε εδώ και να μου πεις τι έχεις στο μυαλό σου. Κανείς δεν θα μας ενοχλήσει".

Καθίσαμε σε διπλανές πολυθρόνες και περίμενα, αλλά ο Τσάρλι δεν είπε λέξη. Απλά κοιτούσε τα παπούτσια του. Δεν ήξερα ποια θέματα ήταν ασφαλή ή τι θα μπορούσε ενδεχομένως να θέλει από μένα, γι' αυτό και δεν είπα τίποτα. Θα του έδινα χρήματα για φαγητό ή θα τον παρέπεμπα σε έναν πάροχο ψυχικής υγείας, αν αυτό ήθελε. Σίγουρα έμοιαζε με αυτό που χρειαζόταν.

"Λοιπόν... τι συμβαίνει, Τσάρλι;" ρώτησα, αφού είχαν περάσει αρκετά λεπτά.

Μόλις άρχισε να μιλάει, οι λέξεις έβγαιναν από το στόμα του. "Την αγαπούσα τόσο πολύ", είπε, κλειδώνοντας τα μάτια του στο πρόσωπό μου. "Έκανα τα πάντα γι' αυτήν, αλλά εκείνη δεν νοιαζόταν. Ό,τι κι αν έκανα, δεν ήταν αρκετά καλό, δεν ήμουν ποτέ αρκετά καλός. Με χρησιμοποιούσε, όπως χρησιμοποιούσε τους πάντες!"

Δεν ήμουν σίγουρος αν εννοούσε την Μπέκα ή τη μητέρα του.

"Σε χρησιμοποίησε κι εσένα, Τζέιμι", δήλωσε κατηγορηματικά ο Τσάρλι.

Εντάξει, μιλούσε για την Μπέκα.

"Τι συνέβη;" Ρώτησα.

Ξαφνικά, ο Τσάρλι έκλαιγε ανεξέλεγκτα και τον έκανε να μοιάζει με μικρό αγόρι. Τώρα βρισκόμουν σε γνώριμο έδαφος- αν σε κάτι είμαι καλός, αυτό είναι να παρηγορώ ανθρώπους που κλαίνε. Τον χτύπησα απαλά στην πλάτη.

"Είναι εντάξει, Τσάρλι", είπα με καταπραϋντική φωνή. "Όλα θα πάνε καλά".

Είδα τη Λίζα να κρυφοκοιτάζει από τη γωνία και της έκανα νόημα να φέρει ένα μπουκάλι νερό, πράγμα που έκανε γρήγορα.

Ο Τσάρλι ήπιε μια γουλιά νερό και στη συνέχεια, με φωνή που έπεφτε από τα χείλη του, συνέχισε: "Ήταν Σάββατο - πριν από την κηδεία - και η Μπέκα έκλαιγε. Μου είπε ότι δεν έπαψε ποτέ να αγαπάει τον Τζο και ότι ποτέ δεν θα γινόμουν τόσο καλός όσο εκείνος. Μετά άρχισε να μου φωνάζει να φύγω γιατί δεν άντεχε να με βλέπει! " Τα δάκρυα έτρεχαν ανεξέλεγκτα στο πρόσωπο του Τσάρλι.

Κούνησα το κεφάλι μου με συμπάθεια.

"Αυτό πρέπει να ήταν σκληρό. Πού κοιμάσai από το Σάββατο, Τσάρλι;" Ρώτησα.

"Στο αυτοκίνητό μου." Τότε άρχισε να κουνιέται μπρος-πίσω και νόμιζα ότι μπορεί να λιποθυμήσει, αλλά δεν το έκανε. Στη συνέχεια, με φωνή τόσο χαμηλή που θα μπορούσε να μιλάει στον εαυτό του, είπε: "Ήθελα απλώς να την κάνω ευτυχισμένη. Προσπάθησα τόσο πολύ... και δεν το είπα ποτέ σε κανέναν...".

Α! Εδώ είμαστε. "Τι είπες σε κανέναν, Τσάρλι;"

"Σχετικά με τα χάπια της. Πήρε τόσα πολλά χάπια! Όταν τα πετούσα, πήγαινε και αγόραζε περισσότερα. Είπε ότι θα σταματήσει, αλλά ήταν ψέμα."

"Ξέρετε αν έκρυψε τα υπνωτικά της χάπια σε ένα μπουκάλι ασπιρίνης;"

Ο Τσάρλι έγνεψε.

"Τα πήρε ο Τζο μαζί του;"

Όταν ο Τσάρλι έγνεψε ξανά, έμοιαζε να συγκρατείται με δυσκολία.

"Ήταν ατύχημα;" Ρώτησα.

Καμία απάντηση.

"Τσάρλι;" Ήμουν σίγουρος τώρα ότι η Μπέκα είχε δώσει αυτά τα χάπια στον Τζο. Όλες αυτές οι ενοχές και οι τύψεις την είχαν φάει μέχρι που είχε καταρρεύσει στην κηδεία.

Ο Τσάρλι πήρε μια βαθιά ανάσα. Όταν μίλησε, μόλις που ξεπέρασε τον ψίθυρο.

"Υποτίθεται ότι δεν έπρεπε να τον σκοτώσει", είπε ο Τσάρλι, "Απλά να τον πειράξει λίγο, ώστε η Μπέκα να πάρει την κηδεμονία των κοριτσιών. Δεν έπρεπε να την απειλήσει έτσι! Προσπάθησα να του μιλήσω, αλλά δεν σταματούσε, συνέχιζε και συνέχιζε. Ήταν δικό του λάθος, το έκανε στον εαυτό του".

"Και γι' αυτό το έκανε η Μπέκα;" Ρώτησα.

Ο Τσάρλι με κοίταξε με πεθαμένα μάτια.

"Όχι, Τζέιμι. Γι' αυτό το έκανα".

ΚΕΦΑΛΑΙΟ 32

Καθόμουν εκεί με εμβρόντητη σιωπή. Παρόλο που πολλοί άνθρωποι μου έχουν πει τα μυστικά τους όλα αυτά τα χρόνια (μερικές φορές ενώ είμαι στο μπακάλικο και κοιτάζω τη δουλειά μου), κανείς δεν μου είχε κάνει ποτέ μια τέτοια εξομολόγηση. Δεν ξέρω γιατί ο Τσάρλι επέλεξε να μου το πει (θέλω να πιστεύω ότι είναι επειδή είμαι καλός ακροατής), αλλά με έβαλε σε δίλημμα.

Τι έπρεπε να κάνω με αυτές τις πληροφορίες; Να τηλεφωνήσω στη Σούζαν Ντόιλ; Σίγουρα δεν επρόκειτο να τηλεφωνήσω στον Νικ Δημητρόπουλο. Σκέφτηκα για λίγο να καλέσω τη γραμμή δεοντολογίας του Δικηγορικού Συλλόγου της Φλόριντα, αλλά αποφάσισα να μην το κάνω. Τι θα έλεγα; Ότι ο πρώην φίλος της πρώην πελάτισσάς μου μόλις μου είπε ότι σκότωσε κατά λάθος έναν πρώην φίλο του, ο οποίος ήταν επίσης ο εν διαστάσει σύζυγος της πρώην φίλης του, προκειμένου να τη βοηθήσει να πάρει την κηδεμονία; Αμφιβάλλω αν υπάρχει κανόνας που να καλύπτει κάτι τέτοιο, ή έστω γνωμοδότηση του Γενικού Εισαγγελέα. Τέλος, ρώτησα απλά τον Τσάρλι.

"Τι θα κάνεις τώρα;"

"Παραδώσου", είπε επίσημα χωρίς δισταγμό.

"Γιατί;" Ρώτησα, "Εννοώ..."

"Ξέρω τι έκανα και πρέπει να το παραδεχτώ. Και δεν θέλω η Μπέκα να πάρει την ευθύνη".

"Μετά από όλα όσα σου έχει κάνει;" Ήμουν απίστευτος.

"Ναι", είπε ο Τσάρλι και σηκώθηκε για να φύγει. Δώσαμε τα χέρια και με ευχαρίστησε που τον είδα. Έδειχνε τόσο χαμένος, που ήταν πραγματικά σπαρακτικό. Καθώς ήταν έτοιμος να βγει από την πόρτα, γύρισε και είπε: "Ξέρω ότι δεν βγάζει νόημα, αλλά εξακολουθώ να την αγαπώ". Και μετά έφυγε.

~

Όλοι μας παίρνουμε το μερίδιό μας σε κακές αποφάσεις. Τις περισσότερες φορές, όλα πάνε καλά και δεν συμβαίνει τίποτα κακό. Τότε υπάρχει ο Τσάρλι, γιος μιας αλκοολικής μητέρας, που προορίζεται να καταλήξει με μια γυναίκα τόσο μπερδεμένη όσο και η μητέρα του, και παίρνει μια πραγματικά κακή απόφαση. Δίνει στον Τζο υπνωτικά χάπια που μοιάζουν με ασπιρίνη. Αν ο Τζο δεν έπινε, τα χάπια δεν θα τον σκότωναν, αλλά έπινε και τον σκότωσαν, και τώρα ο Τσάρλι πρέπει να ζήσει με αυτό.

Όταν είπα στον Ντιούκ για τον Charlie, ήταν συμπονετικός. Δεδομένου ότι και ο Ντιούκ δεν μπορεί να αντισταθεί στο να βοηθήσει μια δεσποινίδα σε κίνδυνο, μπορούσε να ταυτιστεί. Η διαφορά είναι ότι ο Ντιούκ δεν θα σκότωνε κανέναν. Τουλάχιστον, δεν νομίζω ότι θα το έκανε. Μπα, φυσικά και δεν θα το έκανε.

Η Σούζαν Ντόιλ πήρε την είδηση με το μαλακό, φυσικά. Όταν τη ρώτησα για την Μπέκα, η Σούζαν είπε ότι είχε μπει σε πρόγραμμα απεξάρτησης από τα ναρκωτικά διάρκειας 30 ημερών. Μου είπε επίσης ότι η ψυχολογική αξιολόγηση έδειξε ότι η Μπέκα είχε πιθανή διαταραχή πολλαπλής προσωπικότητας, κάτι που μου εξηγούσε πολλά. Είπε ότι η υπεράσπιση της παραφροσύνης θα ήταν εύκολη υπόθεση. Όσο για τον Τσάρλι, πίστευε ότι θα κατηγορούνταν για ανθρωποκτονία από αμέλεια. Είπε ότι θα μπορούσε να ήταν πολύ χειρότερα.

Αφού έκλεισα το τηλέφωνο με τη Σούζαν, η Λίζα μπήκε στο γραφείο μου για να μου κάνει μια ερώτηση. Είπε ότι είχε εντυπωσιαστεί τόσο πολύ με τον τρόπο που χειρίστηκα τον Τσάρλι που σκεφτόταν να στραφεί στη συμβουλευτική ψυχικής υγείας όταν θα επέστρεφε στη σχολή. Ήθελε τη γνώμη μου.

"Πιστεύεις ότι θα σε κάνει ευτυχισμένη;" Ρώτησα.

Εκείνη ένεψε και χαμογέλασε.

"Τότε πρέπει οπωσδήποτε να το κάνεις!" Είπα, ελπίζοντας ότι δεν θα είχε πια όρεξη για κλάματα.

Είχα ένα ακόμη τηλεφώνημα να κάνω. Στην πραγματικότητα, δεν χρειαζόταν, απλά το ήθελα.

"Εδώ Νίκος Δημητρόπουλος".

"Δεν μου αρέσει να λέω ότι σας το είπα...".

"Αυτό είναι ψέμα, Κουίν. Σου αρέσει να το λες. Γιατί αλλιώς θα μου τηλεφωνούσες;"

Γέλασα. "Μου αρέσει να το λέω, ειδικά σε σένα. Πάλι τον λάθος άνθρωπο έπιασες, Νικ! Πώς αισθάνεσαι; Ίσως θα έπρεπε να αγοράσεις μια μαγική μπάλα 8 για να μπορείς να τη ρωτάς για συμβουλές".

"Ίσως θα έπρεπε να αναρωτηθείς πώς συνεχίζεις να μπλέκεσαι σε υποθέσεις δολοφονιών", μου απάντησε.

"Το αναρωτιέμαι αυτό. Και ειλικρινά δεν ξέρω".

"Σταμάτα να νοιάζεσαι τόσο πολύ. Αυτό μπορεί να κάνει το κόλπο", γέλασε.

"Θα δω τι μπορώ να κάνω", είπα. "Στο μεταξύ, αν χρειαστείς μαθήματα ενσυναίσθησης, ξέρεις πού να με βρεις".

"Ναι, αυτό θα συμβεί, Κουίν. Τα λέμε σε ένα χρόνο".

"Ελπίζω πως όχι, αλλά μην το παίρνεις προσωπικά".

"Ποτέ δεν το κάνω", είπε.

ΚΕΦΆΛΑΙΟ 33

Δεν θέλω να πιστέψετε ούτε λεπτό ότι με όλα τα άλλα που συμβαίνουν, είχα σταματήσει να ασχολούμαι με τα δικά μου πράγματα. Το αντίθετο! Οι ομάδες διαλόγου που διαγωνίζονταν στο μυαλό μου ήταν ακούραστες, δεν έκαναν ποτέ διάλειμμα. *Να επικοινωνήσω με τη γυναίκα του πατέρα μου; Κι αν κατέστρεφα τη μοναδική μου ευκαιρία να τον συναντήσω; Θα έπρεπε να ανησυχώ για το επερχόμενο ραντεβού μου με τον Κιπ; Τι θα γινόταν αν καταλάβαινε ότι ήμουν μια βαρετή σπιτόγατα; Και τι κρύβεται πίσω από την πόρτα νούμερο 2; Είναι μια κατσίκα ή ένα ολοκαίνουργιο αυτοκίνητο;* Αυτοί οι τύποι λάτρευαν να διαφωνούν, αλλά ποτέ δεν είχαν απαντήσεις για μένα.

Όσον αφορά την επαφή με τη σύζυγο του πατέρα μου, Ana Maria Suarez, συνέχισα να πηγαίνω μπρος-πίσω, κάνοντας λίστες με τα υπέρ και τα κατά, μέχρι που τελικά ακολούθησα το ένστικτό μου. Δεν μπορούσα να φανταστώ τον εαυτό μου να επικοινωνεί μαζί της, οπότε αποφάσισα να περιμένω μέχρι η Γκρέις να μου βρει τη διεύθυνσή του στη Νικαράγουα. Τότε θα του έγραφα.

Όσο για τον Κιπ, αυτό το πρόβλημα λύθηκε από μόνο του. Το βράδυ της Παρασκευής, ο Κιπ μου τηλεφώνησε για να μου πει ότι η πρόβλεψη για το Σάββατο ήταν καταιγίδες, οπότε δεν μπορούσαμε να πάμε για θαλάσσιο σκι. Ήμουν συντετριμμένη γιατί νόμιζα ότι ακύρωνε το ραντεβού μας ή τουλάχιστον το ανέβαλε, αλλά δεν ήταν έτσι.

"Λοιπόν, Τζέιμι", είπε, "πώς θα σου φαινόταν να πηγαίναμε στα Κοραλλιογενή Βράχια; Τουλάχιστον δεν θα βραχούμε".

Ήξερα ακριβώς τι ήταν αυτό - ήταν ένα κλειστό γυμναστήριο αναρρίχησης! Δεν υπήρχε καμία περίπτωση σε αυτόν τον πλανήτη να σκαρφαλώσω σε τοίχο (όχι ότι θα μπορούσα άλλωστε), επειδή φοβόμουν τα ύψη. Ήρθε η ώρα να γνωρίσω στον Κιπ τον πραγματικό μου εαυτό.

"Κιπ, θέλω πραγματικά να περάσω χρόνο μαζί σου και δεν έχει σημασία πού θα πάμε, αλλά πρέπει να είμαι ειλικρινής - δεν κάνω τα ύψη. Με τίποτα και με κανένα τρόπο. Το μόνο που μπορώ να κάνω είναι να σταθώ στον πάγκο της κουζίνας μου για να φτάσω το πάνω ράφι. Αλλά χαίρομαι να σε βλέπω να σκαρφαλώνεις".

Άρχισε να γελάει και ήταν ο πιο όμορφος ήχος στον κόσμο.

"Τώρα θυμάμαι! Όταν κάναμε διαγωνισμούς κατάδυσης στο νησί Κάσταγουεϊ, εσύ ήσουν πάντα ο κριτής.

Λυπάμαι, Τζέιμι, αυτό ήταν πολύ απερίσκεπτο εκ μέρους μου. Θέλω να κάνω παρέα μαζί σου, όχι να σε τρομοκρατώ! Τι θα ήθελες να κάνουμε;"

Γέλασα κι εγώ. "Ενώ είμαι ειλικρινής για τα ελαττώματα του χαρακτήρα μου, πρέπει να σου πω ότι, γενικά, είμαι κάπως μεγάλη κότα. Επίσης, δεν είμαι πολύ αθλητικός. Και σκοντάφτω συχνά, αλλά μόνο επειδή δεν προσέχω. Τώρα, θέλεις ακόμα να βγεις μαζί μου;"

"Περισσότερο από ποτέ!" είπε ο Κιπ. "Πώς μπορώ να αντισταθώ σε ένα κορίτσι με τόσα ωραία προσόντα;"

Δεν μπορούσα να σταματήσω να χαμογελάω. "Θα το ρισκάρω, αλλά πώς θα σου φαινόταν να δεις μια ταινία; Μπορεί να είναι μια ταινία δράσης, μου αρέσει να βλέπω *άλλους* ανθρώπους να είναι τολμηροί".

"Μόνο αν μπορούμε να πάμε για φαγητό και να μιλήσουμε πρώτα. Ποιος ξέρει; Ίσως αποκαλύψεις μερικά ακόμα βαθιά σκοτεινά μυστικά".

"Σύμφωνοι. Καλύτερα να σκεφτώ κάτι πριν από αυτό", είπα. "Ή ίσως θα μπορούσες να αποκαλύψεις κάποια από τα δικά σου. Τώρα, αυτό θα ήταν ενδιαφέρον".

"Μόνο αν τα επινόησα", είπε ο Κιπ. "Θα έρθω να σε πάρω στις έξι;"

"Τέλεια! Ανυπομονώ. Α, και είμαι χορτοφάγος, για την ακρίβεια, πεσκάταρος, ξέχασα να το αναφέρω αυτό".

"Εντάξει, όχι βραζιλιάνικες μπριζόλες τότε. Κατάλαβα."

"Αλλά δεν πειράζει αν θέλεις να φας κρέας μπροστά μου, δεν με πειράζει".

"Οπότε, εφόσον δεν σε βάζω να σκαρφαλώσεις σε τοίχο ή να φας κρέας, είμαστε εντάξει;" γέλασε.

"Ναι, είμαστε πολύ καλοί", είπα.

"Είσαι πολύ καλός", είπε με χαμηλή φωνή που με έκανε να ανατριχιάσω. "Τα λέμε αύριο, Τζέιμι".

"Καληνύχτα, Κιπ."

Έτσι ένιωθα ευτυχισμένος. Σχεδόν το είχα ξεχάσει.

ΚΕΦΆΛΑΙΟ 34

Αν και ανυπομονούσα να εργαστώ εθελοντικά στην Τράπεζα Τροφίμων το επόμενο πρωί, ανακουφίστηκα που δεν ήταν πριν από τις δέκα, ώστε να μπορέσω να μείνω στο κρεβάτι για λίγο ακόμα. Για κάποιο λόγο, ο μόνος ξεκούραστος ύπνος που είχα ποτέ ήταν τα πρωινά. Σας είπα ότι ήμουν παράξενη.

Άκουσα την Γκρέις να κορνάρει, αλλά την αγνόησα, ενσωματώνοντας τον ήχο στο όνειρό μου. Μόνο όταν χτύπησε την μπροστινή πόρτα ξύπνησα τελικά. Γαμώτο! Οι παράξενες συνήθειες του ύπνου μου ήταν τόσο ενοχλητικές. Έριξα μια ρόμπα, την άφησα να μπει μέσα χωρίς να πω λέξη και αμέσως βάδισα στο μπάνιο όπου βούρτσισα βιαστικά τα δόντια μου, έπλυνα το πρόσωπό μου και δάμασα το κεφάλι μου στο κρεβάτι όσο καλύτερα μπορούσα.

"Συγγνώμη", είπα μουρμουρίζοντας, καθώς έβαζα μερικά ρούχα. "Δεν κοιμήθηκα."

"Σίγουρα φαινόταν ότι κοιμόσουν όταν κορνάρισα. " Μου έκανε μια γκριμάτσα και μετά πήγε στην κουζίνα και μου έβαλε ένα ποτήρι χυμό. Αφού έψαξε στα ντουλάπια και δεν βρήκε τίποτα, άρπαξε μια μπανάνα από τον πάγκο και είπε: "Με καθυστερείς, γυναίκα, πάμε να φύγουμε επιτέλους."

Ξύπνησα στο δρόμο προς το Κέντρο Προσευχής Broward. Καθώς οδηγούσαμε, η Γκρέις μου εξήγησε ότι επρόκειτο για ένα καταφύγιο αστέγων για γυναίκες και παιδιά, το οποίο διέθετε επίσης τράπεζα τροφίμων. Έψαχναν πάντα για εθελοντές για να ταξινομούν και να οργανώνουν την τράπεζα τροφίμων, αλλά χρειάζονταν επίσης εθελοντές στο καταφύγιο, συμπεριλαμβανομένων ανθρώπων που θα βοηθούσαν τα παιδιά με τα μαθήματά τους. Συζητήσαμε να το κάνουμε αυτό κάποια άλλη μέρα, αν και οι μαθηματικές μου δεξιότητες ήταν αρκετά σκουριασμένες. Αν βλέπατε το μπλοκ επιταγών μου, θα καταλαβαίνατε.

Η Γκρέις με ρώτησε αν είχα πάρει κάποια απόφαση για την Ana Maria Suarez, τη γυναίκα του πατέρα μου, και της είπα ότι είχα αποφασίσει να μην της τηλεφωνήσω. Η Γκρέις ούτε καν διαφώνησε μαζί μου, απλά το παράτησε. Αυτό ήταν ασυνήθιστο γι' αυτήν, αλλά σκέφτηκα ότι θα το ξαναέφερνε αργότερα.

Πριν πάμε να εργαστούμε στην τράπεζα τροφίμων, η Γκρέις και εγώ ξεναγηθήκαμε στις εγκαταστάσεις και μας εντυπωσίασαν. Ήταν 18.000 τετραγωνικά μέτρα με 120 κρεβάτια, συμπεριλαμβανομένων οικογενειακών δωματίων ύπνου, ώστε οι μητέρες να μην χωρίζονται από τα παιδιά τους. Προσέφεραν επίσης μαθήματα δεξιοτήτων ζωής, εκπαιδευτικά εργαστήρια, συμβουλευτική, θεραπεία για τα ναρκωτικά, υπηρεσίες σταδιοδρομίας και πρόσβαση σε ιατρικές εγκαταστάσεις για αυτές τις άστεγες οικογένειες.

Είμαι βέβαιος ότι υπάρχουν πολλοί άνθρωποι που θα ήθελαν να βοηθήσουν τους λιγότερο τυχερούς με πρακτικό τρόπο, αλλά απλώς δεν ξέρουν πώς. Αυτό που εννοώ είναι ότι σπάνια ερχόμαστε σε επαφή με ανθρώπους που χρειάζονται βοήθεια, εκτός αν είναι γείτονες, συνάδελφοι, φίλοι ή συγγενείς μας. Η εθελοντική εργασία σε ένα καταφύγιο αστέγων ή σε μια τράπεζα τροφίμων φάνηκε ένας εξαιρετικός τρόπος για να δώσουμε ένα χεράκι, και η Γκρέις και εγώ ορκιστήκαμε να το κάνουμε πιο συχνά.

Καθώς οργανώναμε το ντουλάπι με κονσέρβες, ρύζι, ζυμαρικά, δημητριακά και φυστικοβούτυρο, η Γκρέις κοίταζε συνεχώς το ρολόι της και μου έριχνε πλάγιες ματιές. Εγώ απλά την αγνοούσα. Σκέφτηκα ότι θα μου έλεγε τι συνέβαινε όταν θα ήταν έτοιμη. Στις 11:30, πετάχτηκε και έφυγε από το δωμάτιο χωρίς καμία εξήγηση. Πού στο καλό πήγε; Διάλειμμα στην τουαλέτα; Το επόμενο πράγμα που ξέρω, είναι ότι επιστρέφει στο δωμάτιο με μια ευγενική ξανθιά γυναίκα μεγαλύτερης ηλικίας και συζητούν ενθουσιασμένοι. Η Γκρέις με δείχνει και λέει: "Αυτή είναι η Τζέιμι!"

Η γυναίκα πιάνει τα χέρια μου και με τραβάει από το πάτωμα σε μια σφιχτή αγκαλιά. Με κρατάει σαν να είμαι σωσίβιο και είναι έτοιμη να πηδήξει από το πλοίο. Δεν έχω ιδέα τι συμβαίνει. Αρχίζει να κλαίει και να μουρμουρίζει, "mi cariño, mi corazón", και μετά τραβιέται πίσω για να εξετάσει το πρόσωπό μου.

"Dios mio! Κοίτα πώς είσαι... είσαι πανομοιότυπος!" Και αρχίζει να κλαίει.

"Συγγνώμη, δεν θέλω να φανώ αγενής, αλλά, ποιος είσαι εσύ; Πανομοιότυπος με ποιον ακριβώς;"

"Στον πατέρα σου, γλυκό κορίτσι! Του μοιάζεις πολύ!"

Ζαλισμένος, κοιτάζω την Γκρέις που χαμογελάει τόσο έντονα, που το πρόσωπό της σίγουρα θα παγώσει έτσι.

"Είναι... αυτό;" Τραυλίζω.

"Γνωρίστε την Άννα Μαρία Σουάρεζ , τη διευθύντρια του καταφυγίου. " Η Γκρέις μου κλείνει το μάτι. Είναι το καλύτερό της κόλπο.

Γυρίζω πίσω στην Άννα Μαρία με δάκρυα στα μάτια. Κοιτάζω το πρόσωπό της και το μόνο που βλέπω είναι άνευ όρων αγάπη, για μένα, έναν εντελώς ξένο. Την αγκαλιάζω και εγώ με σφοδρότητα. Ποτέ δεν μπορείς να έχεις πάρα πολλούς ανθρώπους να αγαπάς σε αυτόν τον κόσμο. Ή ανθρώπους που σε αγαπούν κι αυτοί.

Η Γκρέις μυρίζει και σκουπίζει τα μάτια της. "Τζέιμι, μπορείς εσύ και η Άννα Μαρία να έρθετε μαζί μου, σε παρακαλώ; "

Σε αυτό το σημείο, απλώς κάνω ό,τι μου λένε- αμφιβάλλω αν θα μπορούσα να πω κάτι συνεκτικό ούτως ή άλλως. Μπαίνουμε σε ένα άλλο δωμάτιο και κάπως εκεί είναι η θεία μου Πεγκ, ο ξάδερφός μου Αδάμ και ο Ντιούκ, και όλοι χειροκροτούν και επευφημούν. Η Γκρέις με γυρνάει και υπάρχει μια τεράστια οθόνη στον τοίχο. Και σε αυτή την οθόνη ένας άντρας χαιρετάει και χαμογελάει. *Είναι ο πατέρας μου.* Νομίζω ότι η καρδιά μου θα εκραγεί. Φαίνεται πολύ μεγαλύτερος απ' ό,τι στη φωτογραφία που μου έδωσε ο Ντιούκ, αλλά είναι σίγουρα αυτός.

"Γεια σου, Τζέιμι", λέει πνιγμένος. "Είμαι τόσο χαρούμενος που σε βλέπω που δεν έχω λόγια να το εκφράσω".

"Κι εγώ", λέω. Περίμενα όλη μου τη ζωή να βρω τον πατέρα μου και το μόνο που μπορώ να πω είναι "κι εγώ". '

"Δεν μπορώ να πιστέψω ότι είσαι πραγματικά εσύ", καταφέρνω να πω πριν ξεσπάσω σε κλάματα.

Είναι επίσης συναισθηματικός. "Το ότι έμαθα ότι έχω μια κόρη είναι σαν δώρο από τον Θεό, Τζέιμι. Έχουμε τόσα πολλά να συζητήσουμε."

"Ναι, έχουμε", λέω με ένα κόμπο στο λαιμό μου. "Από πού να ξεκινήσουμε;"

Αγαπητέ αναγνώστη,

Ελπίζουμε να σας άρεσε η ανάγνωση του *Η Υπόθεση του Δολοφονικού Διαζυγίου*. Παρακαλούμε αφιερώστε λίγο χρόνο για να αφήσετε μια κριτική, ακόμη και αν είναι σύντομη. Η γνώμη σας είναι σημαντική για εμάς.

Με τους καλύτερους χαιρετισμούς,

Barbara Venkataraman και η Ομάδα του Next Chapter

ΣΧΕΤΙΚΆ ΜΕ ΤΟΝ ΣΥΓΓΡΑΦΈΑ

Η βραβευμένη συγγραφέας Barbara Venkataraman είναι δικηγόρος στη Νότια Φλόριντα, όπου αντλεί έμπνευση για τα βιβλία της από τα καθημερινά πρωτοσέλιδα. Λατρεύει να συνδέεται με τους αναγνώστες μέσω των βιβλίων της και βρίσκει ένα ιδιαίτερο είδος χαράς σε μια καλοδουλεμένη φράση. Εκτός από τη συγγραφή μυθιστορημάτων, είναι συν-συγγραφέας του βιβλίου *Accidental Activist: Justice for the Groveland Four* με τον γιο της Josh Venkataraman για την επιτυχημένη τετραετή προσπάθειά του να επιτύχει μεταθανάτια χάρη για τους Groveland Four.

Η Υπόθεση του Δολοφονικού Διαζυγίου
ISBN: 978-4-82416-585-5
Χαρτόδετο χαρτί μαζικής αγοράς

Εκδόσεις
Next Chapter
2-5-6 SANNO
SANNO BRIDGE
143-0023 Ota-Ku, Tokyo
+818035793528

18 Ιανουάριος 2023